心之所向，
就是
最好的生活

/// ◆◆◆ 七微 文子/著

群言出版社
QUNYAN PRESS
·北京·

图书在版编目（CIP）数据

心之所向，就是最好的生活 / 七微，文子著. -- 北京 : 群言出版社，2016.4
ISBN 978-7-5193-0092-0

Ⅰ. ①心… Ⅱ. ①七… ②文… Ⅲ. ①游记—作品集—中国—当代 Ⅳ. ①I267.4

中国版本图书馆CIP数据核字(2016)第077873号

责任编辑：王聪
策划编辑：付婷
封面设计：杨平
内文设计：罗晓芸
封面摄影：宇华
插图摄影：文子 童彬彬 七微

出版发行：群言出版社
社　　址：北京市东城区东厂胡同北巷1号（100006）
网　　址：www.qypublish.com
自营网店：https://qycbs.tmall.com（天猫旗舰店）
　　　　　http://qycbs.shop.kongfz.com（孔夫子旧书网）
　　　　　http://www.qypublish.com（群言出版社官网）
电子信箱：qunyancbs@126.com
联系电话：010-65267783　65263836
经　　销：全国新华书店
法律顾问：北京天驰君泰律师事务所

印　　刷：湖南天闻新华印务有限公司
版　　次：2016年6月第1版　2016年6月第1次印刷
开　　本：880mm×1280mm　1/32
印　　张：9
字　　数：170千字
书　　号：ISBN 978-7-5193-0092-0
定　　价：36.80 元

不管走多远，
我们最终都会回到故乡。
就像野马要回到草原，
麋鹿终要回归森林。
○○ ○

目录

part two · 文子

part three · 故事

life *

玫瑰色生活

刚刚结束一场短途小旅行，或许称之为与朋友们的小聚更确切，只是聚会的地点是移动式的，从江南小古镇到泛舟西湖，三月末春色如许，杭州太子湾的郁金香与桃花开得热烈艳丽，摇橹船晃晃悠悠地荡在西湖水波上，阳光刚刚好，风微凉但不冷，朋友们对坐而聊，一切美得如这好春光。

朋友见我发的风景图，一点艳羡一点真切为我感到开心，她说，真好啊，你慢慢地在过着自己想要的生活。

我的所有简介里都写了这样一句话：梦想环游世界，将一切美景付诸笔端与君欢。

这是早几年写的了，那时心中对远方有着无比恳切的向往，每当囿于生活，总爱在心底描绘着一场又一场虚拟的远行，幻想自己奔走于山川湖海，逃离世俗琐碎。有一种把远行当作逃避的意味在。后来，去的地方越多，走得越远，我渐渐发现，远方并不是避难所，离开也无法确切地解决任何难题。

我最长的一次旅途是三十天，行李箱如同我移动的家，随身品拥拥挤挤地在小小四方箱里争地盘，我带着它们跨过沙漠湖泊，行过草原峡谷，一路遇见形形色色的人，收获很多温暖感动，也有过糟心时刻。在旅途结束倒计时第三天的清晨，我从陌生的旅馆里醒过来，忽然特别特别想回家。

我以前有很长一段时间内心纠结，到底是安于生活买房结婚还是去环游世界。是在那一刻，在高原一个陌生小旅馆里，我豁然开朗，明白了自己心中真正想要的生活，并不是以前幻想的每天奔跑在异国他乡，趁着有生之年把这辽阔世界看遍。

曾经我内心里住了两个自己，一个向往远方，渴望冒险，对未知世界充满了好奇，而另一个呢，缺乏安全感，对家与亲人有着殷切的期盼与依赖。曾经这是我痛苦的根源，而今，我终于在这两个自己之间，找到了平衡点，我伸出左手，握住自己的右手，嗨，很高兴我们终于能和平相处。

回归安宁家庭生活，并不影响一颗向往远方的心，只是远方早已不再是我心里的避难所，它是我未曾踏足了解的另一片星空。

我用了颇长一段时间才明白这些，感激这些年遇见的人，有的只是一面之缘的陌生人，有的成为了朋友，他们性格不一，在世界各地扮演着各种各样的角色，但都有一个共同之处，那就是清晰地知道自己想要什么样的生活，并为之行动与努力。

他们就像混沌暗夜里的微光，带给我很多的触动与能量。

追逐并且坚持自己心之所向的生活，确实不是一件易事，但至少，它是一件乐事。

2016年3月27日

the best *

愿你们拥有的，是最好的

这些年在路上旅行，收获很多。作为摄影师，能记录的影像十分有限，有些所闻所感，用文字记录要来得更深刻。

大部分时候，我会在拍摄一个对象时，尽量与之沟通，以便捕捉到更多细节。遇到投缘的人，总会在拍完后聊聊天，倾听对方的故事。慢慢地，就会发现，摄影不单单是记录别人的青春和美丽，与之交流的同时，我也在不断修正自己的狭隘和主观。

正巧，我在两本杂志上开了专栏，可以把这些旅途的经历分享给大家。只要是我遇到的，我什么都写：写跨越国界和年龄的艰难爱情；写每年换一种职业都找我记录的90后；写命运多舛却依旧乐观坚强的单亲妈妈；写每失恋一次都来找我拍一次照片的男孩……

我常常在不断出发的旅途中想起这些人，他们或深或浅地影响着我的世界观。我和他们并没有太频繁的联络，但我在很多个疲惫的时刻，只要想起他们，就感觉浑身充满力量。他们就是我们自己，是我们身边的爱人和朋友。于是，我想把他们写下来，集成一本书，把他们的故事告诉更多人。

七微是我上一本书《我不要一成不变的生活》的责编，我跟她说了我的想法。她说太巧了，她也想写一本这样的书，想记录一些纯粹的手工艺者、民间艺人或者那些为爱勇敢和执着的有情人。

“那我们一起出啊？”

“可是，我们算什么组合，文子跟浩森才是黄金搭档！”

“我们都是邵阳人！”

“我们都是好朋友！”

“我们都在《爱格》写专栏！”

我们被自己这些牵强的理由笑得前俯后仰，原来这个世界啊，很多未曾想到的，都来得很奇妙。

比如我和七微的新组合，也比如我的民宿和咖啡馆要开业了。它叫别止，在西湖附近的玉皇山路八号。

离职后，我成了自由摄影师，我在世界的很多个城市住过有意思的酒店和民宿。每次住到满意的酒店，我都会用心感受它们的细节和文化。我的搭档金浩森，也不记得是从什么时候开始，养成了收集的习惯，成了杯子、瓷器、玻璃制品的收集控。他每去一个国家，都会淘一些回来。直到去年，工作室的吧台已经放不下了，而他自己家专门买来的三层柜子，也没有新杯子能落脚的地方。于是，他说，文子，我们开一家店吧，把这些宝贝都放进去。

这，大概就是别止的初衷吧。

如今，别止已经开业了，它是我最满意的样子。

小楼从一条林荫偏道进入，庭院以抽象的日式枯山水承托各个区域，以表达人与山林及自然的关系。

公共空间向山林完全打开，廊下的休憩空间拉伸同一标高的行走舒适距离，将院墙引入室内。随行的饮品、玩味的舶来品、暂时的客停，都在此处随时发生，又没有静止地继续前进。

客房内将席地的传统坐席方式转变成舒适、慵散的生活。

山林即景，桧木氤氲，樟木为穹，星空为帐。

别止有三层，有一个大院子，原本可以做更多房间的，但我考虑到空间的舒适感，只做成了六间。

我不希望它太热闹，有缘人能常来，这样就很好。我在三楼给自己空出了一间茶室，留给自己冥想和思考，或者只是在那里放空自己。也还会满世界地继续跑，跑累了，歇脚的地方也有了。生活忽然完美得不可思议。

我们总在不停地探寻最好的生活标准，对之抱有或独特，或平淡的理想与追求。

我们还没有老到足以谈论、回味这一生，但从心出发，这已经是最恰好的缘分了。

《心之所向，就是最好的生活》很快就要到你们手上了。

愿你们，正拥有的，是最好的。

2016年3月17日

≈ part one 七微 ≈

你问我在困难黑暗的时候以什么来支撑着坚持这么久？因为这是我必须做的事，当一件事情成为你生命中心甘情愿的必须时，再多艰辛，你心里也会涌起一种强大的力量，推着你往前走。

她的一举一动里，她的每一只草编作品，都像是在和往事握手，像与恋人久别重逢。

像恋人久别重逢

Lovers...

他的草编能把生活用品变得很有艺术气息，同样的东西，
他会穿插一些有趣的小图案。

兰婆婆今年七十一岁了，身体还很硬朗。她守着她的小摊，在离景区三百米左右的地方。路过的人不多，也不是很吵，正合她的心意。

一把草，一只狗，就开始了她的工作。

她坐在一张藤编的小椅子上，大围裙围住自己的身体，干草在她的左手边，这是她的工具。前面摆着两只草编的小狗，一只坐着，一只蹲着，顾客要哪种样式，她就现编出来。时间不久，稍等片刻即可。狗在她的右手边，乖巧地晒着太阳打着盹，惬意得很。

路过她小摊的人，都会下意识地放慢脚步。在附近生活的人都认得她，但很少有人知道她的名字，大家都亲切地叫她兰婆婆。

如果早在十年之前，兰婆婆会带着她的兰先生，两个人就坐在这一片地方，编蚱蜢、虾与小狗。在那个爱用婆婆、老头之类称呼的地方，叫先生则说明他是以才情而闻名。兰先生去世之后，兰婆婆一个人坐在这里，只编小狗。知根知底的人曾经要她编只蚱蜢，她摇头说不编喽不编喽。同行的朋友说，不知道兰婆婆一个人在家的时候，会不会编一只蚱蜢或者是一条虾给自己玩。她不经意的一句话，说得我无比伤感。

年纪大一点，就喜欢把感情和事放在心里。我低着头看兰婆婆一板一眼地编她的作品，阳光正好，照在她久经沧桑的脸上，终究是上了年纪的，她眼球有点浑浊，眼神却很仁慈，对视一眼，就深深觉得那里面有故事但不世故。

兰先生应该不会想到，他当年讨她欢心的小把戏，竟然会陪她这么多年。据说兰先生早先是很有名的手作人，活得十分雅趣。最为人津津乐道的是他的木纹画。山里有许许多多的树，他会找伐木头的锯一片给他，圆圆的木片就是他的素材，结合木头的脉络纹理在上面涂涂画画，对年轮的处理更是信手拈来，看到的人都会爱不释手。兰先生天分极高，像一个全才，刻章也完全不在话下，还擅长草编。他的草编能把生活用品变得很有艺术气息，同样的东西，他会穿插一些有趣的小图案。朋友的父亲有幸得到兰先生编织的草席，上面有一只方脑袋的狗，又呆又萌，给她小时候增添了不少的乐趣。

草编小狗的技巧就是兰先生教给兰婆婆的。说到这里的时候，我的脑中会浮现那样的场景。在午后的小院子里，爱人手把手教授一门小技艺，那样的时光，想想都觉得暖。当有一天爱人不见了，还能靠着回忆，就着脑海中他的影子，温习着当时的叮咛与嘱咐，度过漫长的日日夜夜，仿佛故人归。

这样的日子，会让人无限感慨，但又是爱人赠送的最好礼物。

不是所有的人都有兰婆婆这样的际遇。

看起来老无所依，然而我知道，兰婆婆绝不是为生活操劳的人。她头上有八成新的发卡，衣着干净又整洁，领口锈着花，手上戴着银镯子，小椅子结实牢靠，还有一串小铃铛。如果疲于生活，哪有这些细微的心思做点缀。

我坐在她身边，看了一个多小时。她所有编织的技巧都了然于心，工作起来又无比认真。她的手有一点抖，所以每编一两下就会重复一下先前的动作，使草与草之间扣得更紧一些。编完以后，她会自己捏一捏，在手上翻转几圈，来来回回打量一番，像是完成了质检的过程，然后才会放心地交到顾客手中，很便宜，只要三块钱。

她摊位前的女孩子与情侣居多，也是我见过的最耐心、最有素质的顾客，他们都在那里等着，仿佛看兰婆婆编东西，就是很好的消遣方式。拿到手的个

个欢喜，和男朋友蹦蹦跳跳走了。

兰婆婆的草编确实生动。我看了也很喜欢。

我们八十年代出生的人对这些编织的东西是不陌生的。我小的时候，家里用的簸箕、竹篮，奶奶戴的草帽，还有最常见的草蚂蚱和竹叶蜻蜓都是手巧的大人编出来的。成年之后，看到这些格外亲切，总想起过去的时光，心就特别柔软。

很早以前，微博上总有呼唤关注年老手艺人的倡议。那些善良的年轻人啊，想为那些独自摆摊的老人尽一点力，随手买一点他们的东西，让他们早点回家。这样的善意真的很赞，我们所处的世界也需要这样的温暖。

兰婆婆不在这样的关注范围里，本身她的草编就很受欢迎。天有一点要黑的迹象时，兰婆婆婉拒了后面的顾客。她的家离这里有一段距离，她要花费不短的一段时间才能走回去，所以不能接纳再多的草编。回家的时候，狗在前面带路，她跟着缓慢地走。

身边的狗仿佛是感觉到了能回家的苗头，已经竖着脑袋来回张望。把草编递给客人的间隙里，兰婆婆伸过手去，摸了摸狗的脑袋。她的狗就像是不好意思的小孩子，把头低下去，又埋到自己的肚皮前。

我一直坐在她旁边看，想买一只草编已经来不及，只能把我的小小遗憾放在心底。

其实到这里，我已经把所有知道的兰婆婆的事都写完了。

她用心编织的时候，我不忍心打扰她。每个小物件，在她的手上，都像一件匠心独运的工艺品。她的虔诚，会让我的好奇心变得收敛、矜持。

朋友对她了解得比我多一点，但也仅此而已，还是不够。可是我已经不想打破砂锅问到底。

我也不想用编故事的手段，来把她写得很完整。

人大概生来就习惯于做配角，不管了解多少，最终都不能了解到事情的全貌。

不过这样也挺好，在这个世界上，残缺也有独特的美。

而我觉得，她的一举一动，她的每一只草编作品，都像是在和往事握手，像与恋人久别重逢。

/// 他想要
游过全世界的
海洋 ◆◆

////// ◆◆◆

他期待有一天，自己能像真正的鱼那样，游过全世界的海洋，去领略他热爱着的曼妙绝伦的海底世界。

ocean...

Alen生气了。

在从玫瑰珊瑚区回程的船上，我们的潜导Alen板着脸独自坐到船头去，谁都不搭理，跟前一天回程时他跟我们打打闹闹讲着冷笑话的氛围截然相反。团员们有片刻的静默，面面相觑，彼此交换着眼神与口型。

坐在我左边的男孩子“切”了一声，有点不高兴地说道，我们花了钱，他提供服务，给我们摆脸色，算什么意思？他的女朋友拉了拉他的手臂，示意他闭嘴。

其实Alen根本听不到他讲话，游船的马达声轰隆隆的，卷起太平洋的海浪。我趴在栏杆上，看着水流蜿蜒而过，白花花的浪，一波卷一波，在夕阳映照下，有一种特别的美。此刻的太平洋，看起来是柔美而浪漫的，危险像是毫不存在。

我想起Alen在十几分钟前愤怒地呵责被他从海下捞上来的一个男生，他说，你们这些人，说起大海，只联想到碧海蓝天，多浪漫，多唯美，把我的话当耳边风是吗？你有几条命可以搁这里的？

浮潜其实是比较安全的一种潜水方式，不会游泳也没关系，且团队浮潜都是有规划一个安全区域的，只要你跟着潜导，别独自离开安全区域，基本上不会有安全隐患。Alen在船上再三跟我们强调，别离队，别逞强，海洋千变万

一船十二人，从踏上他
的船的那一刻开始，
十二条生命，就都系在
他的身上。

化，水下世界谁也无法预测会有什么。可那个男生却仗着自己水性好，擅自离队，离开水面，闭气潜入海底。他以为太平洋跟酒店游泳池一样，殊不知海底的压力倍增，若不是那天天气晴朗，水下能见度高，Alen恰好瞧见了他的求救手势，男生极有可能发生致命的事故。

我能够理解Alen跟我们摆脸色，一船十二人，从踏上他的船的那一刻开始，十二条生命，就都系在他的身上。

行程第一天，当Alen出现在我们面前介绍自己时，大家脸上的表情都表明着同一个想法——他这么小，这么瘦，能行吗？万一在海里发生点什么事儿，他这个小弱鸡能救人吗？

Alen十九岁，身高不足一米七，极瘦，皮肤黝黑，光着上身，穿一条马裤，身上的肋骨清晰可见，他染着一头黄发，手臂上有文身，左耳上戴着一只骷髅头的银耳钉，多像一个不良少年啊！也难怪全船人都对他投过去不那么信任的眼神。

但等到下了海，他灵活得就像一条鱼，他屏住呼吸，凭着一口气潜入海底，撒着鱼料将鲨鱼吸引过来（帕劳有个潜水点的鲨鱼是安全的，不会攻击人），然后跟着鲨鱼一起游动，让我们拍照。他也会拿过每个人的水下相机，去近距离拍摄海洋生物，他的照片拍得漂亮极了，堪比专业的摄影师。

两个潜点下来，所有人都对他刮目相看。

第一天的中餐是在无人岛上解决，说是海鲜宴，我看了行程后问他，我们的厨师呢？船上除了他，就只有船长。他指了指自己。我惊讶，你？他斜我一眼，怎么，小瞧我？小少年的海鲜宴，我是不怎么抱希望的。事实证明，没抱希望是对的。我吃着一锅乱炖的海鲜宴，好在食材新鲜，也没那么难吃就是了。我戏谑他，Alen大厨哟！他特理所当然地说，人怎么可能什么都精通呢，我一个潜导，能把菜煮熟就不错了！

我跟他深聊，是在牛奶湖。

我旱鸭子，下水必抱救生圈，在牛奶湖的时候，一个不小心，差点儿把自己沉入水底，是Alen将呛了几口水的我捞上来，我以为他会训我两句，但没有。大概那时候他心情正好。

我趴在游泳圈上，劫后余生，跟他再三道谢，随口聊了起来。

Alen是大连人，家乡在一个小渔村，从小与海为伴，他们家乡的人，不管男女老少，水性都是极好的。他三岁就跟着父亲下海，光着屁股在水里游来游去。他的父亲是一名渔民，靠海吃海，这是村子里祖祖辈辈的传统，年轻的男孩子，高中毕业后如果没有继续念书的，就跟着父辈出海打渔。他成绩差，不爱念书，但也不想一辈子在渔船上，风餐露宿吹海风。他的梦想是做一名专业的潜水员。

高中毕业后，他说服了父亲，跟随一个老乡来到帕劳，成为了一名深潜教练。

我得知他是一名经验丰富的深潜教练后，连蓝洞（蓝洞是海底巨大、突然下沉的深洞，那里严重缺氧，是难度极大的潜水点，因景观奇特，吸引着众多资深潜水者前往探险）都去过，才觉得第一天我们船上十几人不信任他的眼神真是够草率。深潜教练来做浮潜的潜导，是有点大材小用了。他告诉我，是因为现在是帕劳旅游旺季，公司业务繁忙，才临时把他拨过来带队。

我的新长篇写的是海洋题材，里面有关于潜水的内容，由阅读或者网络查来的资料，到底不如问身边相关专业人士来得更清晰。我便缠着他问东问西，我没有告诉他我是写作者，只说我对潜水很感兴趣，下一次想要尝试深潜。他很耐心地跟我讲潜水装备，介绍全世界大大小小的潜水点。最后他建议我，如果真心想深潜，最好去考个潜水执照。

我们的出海行程是三天，最后一天的傍晚，我们在外海大断层最后一潜，结束了所有的行程。返程的船上，Alen依旧独自坐在船头，当然他这次不是因为生气，是有点累了。外海潜水是所有潜点里最辛苦的，海更深，水流急，就算没有洋流，游泳好手在这里也游得极慢，十分吃力。他要照顾我们一群人，自然是精疲力竭。

我走到他身边坐下，才发现，船头的风光真是好。我们运气很好，连续三天都是好天气，太平洋的夕阳美极了，连带着海风都变得轻柔温暖了。

我跟Alen说，如果再来帕劳，我找你带我深潜吧！

他笑了笑，说，也许你再来的时候，我已经离开帕劳了。

下一站去哪里?

他说，菲律宾，也许马来西亚。

那些地方，都有着举世闻名的潜水胜地。

是了，在旅游区做潜水教练并不是他的终极目的，他说过，梦想再美，在此之前，也要先把自己养活。他没有高学历，也没有别的技能，唯一做得最好的，是像鱼一样在大海里遨游，那是故乡给他的馈赠。

他期待有一天，自己能像真正的鱼那样，游过全世界的海洋，去领略他热爱着的曼妙绝伦的海底世界。

那是另一个世界。他这样告诉我。

我只有酒，没有故事

一生短暂，最重要的不过是生之欢愉。而对酒当歌，人生乐事也。

The story...

Crema di Limone

Gregorio De Gregoris

每年的春天与秋天，我最期待的事情中，有一件是收到小九的包裹。

她的包裹有味道，酒的香味。

春天是桃花酿、杨梅酒、青梅酒，秋天呢，有桂花酿、蓝莓酿，还有橘子酒。她每一年的包裹里都会附一张泛黄的宣纸，用狂草体豪气干云地写：酒鬼微，干杯嘞！

她的毛笔字跟她的长相截然不同，她矮个头，瘦削的小身板，齐耳短发，巴掌大的脸，倒是有一双大而清亮的眼睛，左脸颊上有个深深的酒窝，是个温婉的小美人儿。可她的性格呢，跟字倒很像，疏狂爽朗，嗜酒如命。

第一次见面，她就指着脸颊上的酒窝跟我讲，看看，有深酒窝的人生来就要爱酒呀！

那是几年前了，在甘南的小镇，七月份的藏区晚上非常冷，一群人围着青旅大厅里的锅庄边，热气腾腾地吃着烤肉串，每个人的脚边摆着两瓶青稞酒。那是我第一次喝青稞酒，误以为是烈酒，哪知入口跟我老家自酿的米酒有点像，我忍不住连喝了几大口，赞道，好好喝呀！

坐在我对面的短发女孩子忍不住笑了，用她手中的酒瓶跟我响亮地碰了碰。

短发女孩就是小九。

旅途中，一起喝过酒，撸过串，再围炉夜话聊个天，话投机，便很容易成为朋友。隔天我们一起拼车去唐克，气喘吁吁地爬上海拔四千多米的山顶，等一场黄河第一湾的日落。山顶上到处都是人，摄影师们早就把最佳位置占据了，小九拉着我从栈桥这头走到那头，最后爬到一块山石上坐下来，真正是一览众山小，脚下是绿绿葱葱的原野，成群的牛羊在啃草，气势汹汹的黄河在这里拐了九道弯，使得这块土地烙上了独特的标签，夕阳如此美，风从耳边吹过。

我心想，如此良辰美景，如有酒就好了。

小九像个魔术师，从登山包里掏出两瓶青稞酒。我眼睛瞪得老大，天哪，来攀爬四千多米的高山，她竟然真的带了酒！

我问她，你酒量多大？

她歪头想了想，最后说，不知道，从没醉过。

她是江南人，老家在那个以黄酒闻名的古镇。她家餐桌上每天都有酒，父母是爱酒之人，不嗜醉，只小酌怡情。她从小就被爸爸抱在怀里，用筷子蘸了酒放进她嘴里，逗着喊，囡囡，这是好喝的东西。

一代酒鬼大概就是这么练成的。

她后来给我寄酒时总喊我，酒鬼微。愧不敢当，我酒量根本不行，也没她那样嗜酒如命，也不像她，啤酒白酒黄酒米酒葡萄酒统统都爱，而我很挑剔，最爱自酿的米酒与花草酒，红酒用来助眠。

在我的老家，冬天的时候，每家每户都会自己酿糯米酒，以备春节。我爸爸爱喝杨梅酒，所以我们家也会在春天的时候酿一桶杨梅酒，等到过年时再开启。我的姑姑是个心灵手巧的人，她有一阵子热爱酿葡萄酒，我分到过两瓶，味道比我喝过的买来的葡萄酒赞多了。我买了木塞密封小酒瓶，把妈妈酿的米酒与姑姑酿的葡萄酒各寄了一瓶给小九，她感动得快哭了。

我知道，她并不是没有喝过比那更好喝的酒，她是因为我这份惦念与心意。

后来我们一直有联系。

有一天她告诉我，她辞职了，决定离开上海。她在杭州城外的山上找了处民居，要在那里酿酒。

我真是吓一跳，酒鬼小姐放着好好的外企不待，要去山上酿酒?

随后又觉得她做出这样的决定好像是理所当然的，这些年，她一有假期就四处晃荡，她社交圈的同事朋友们，度假常常去的是海滩日光浴、欧洲购物游，而她呢，偏爱背着登山包往高原山区钻，西藏、云南、甘肃那些地方，也不走常规路线，打听着哪里有好酒，她就闻着香味去。有一回她在云南一个小山寨待了半个月，跟着个老伯学寨子里原始的酿酒法，最后那个老伯恨不得把她留下来当儿媳妇。

她兴致勃勃地跟我讲，杭州兰溪有着极好的杨梅，等春夏之交时，我就酿杨梅酒给你喝。我住的地方，有一棵很多年的桂花树，深秋时，我就酿桂花酒，哦，还可以做桂花糕啊。我知道你爱玫瑰，放心，玫瑰酿必不可少。

大自然多么慷慨，一年四季都有馈赠，花草树木，田野里的稻谷青稞，都能酿造出美妙的味道。

采摘原料、筛选、浸泡、研磨、蒸煮、冷却、拌曲、发酵、蒸馏……等待……你不知道，这个过程，多么令人陶醉!

小九说，所有的气味中，我最爱酒香。

只花了一年时间，她就成立了工作室，酿酒成为她的小小事业，她满足自己热爱的同时，也靠它来维系生活。

她用精致的玻璃瓶来装载那些心爱的液体，再用牛皮纸做外衣，每一瓶酒的名字，都是她亲自用毛笔抒写的。这样的雅趣，要花很多时间，所以她的酒产量不多，她也不想批量生产，从没指望以此来换取丰盛的财富。

对她来说，一生短暂，最重要的不过是生之欢愉。而对酒当歌，人生乐事也。

///
最好的生活
◆◆

/// ◆◆◆

我大概生来就属于这里，不管走多远，最终都会回到故乡。

The best...

大理

在离开大理前，我想了想，还是给小白写了一封简短的邮件。之所以会有犹豫，一是我不确定他曾留给我的邮箱是否还在用，二呢，我不确定他是否还记得我，毕竟我们已经有六年没有见过面了，这些年也甚少联系。

他在第二天晚上给我打来电话，声音里充满惊喜，听到我还在大理他放下心来，又问我要去看他是真的吗？得到肯定答复他立即说，你住在哪儿，我去接你。我说不用了，我知道怎么去你所在的那个小古镇。

挂掉电话，那一点久未见会陌生的担忧立即褪去了，他对待朋友同以前一样热情又体贴。

同小白认识有十年了，那会儿我们都还在念大学。有一年的国庆节，我从学校坐火车回老家，黄金周的火车上人多得无法立足，我没有买到座位票，又恰逢生理期，捂着肚子蹲在吸烟处的过道上，大概是那样子太可怜兮兮，有人在我身边停下来，拍我的肩膀说，你不舒服吗，要不要去我的位置坐一下？

那个善心的家伙就是小白。他是个非常内敛的男孩子，话不多，讲话也轻声细语的。我对他印象挺好的，但在火车上萍水相逢的陌生人，就算给予我帮助，我也没想过以后还要联系，甚至连名字都没问。

巧合的是，隔天上午的公交车上，我们又遇见了，两人都愣了下，然后指着对方笑起来。那辆公交车开往S大，他在那里念书，而我，去看望我一个初中同学。

他得知我是第一次去他们学校，很体贴地带我去找朋友的宿舍楼。一路上闲聊，知道他姓赵，名字有点复杂拗口，我记不太住。听说他是大理白族人，皮肤又比一般男孩子要白，我就开玩笑叫他小白。他也没有反对，只羞涩地笑笑。

告别时，我们互相留了手机号码与电子邮箱。我们偶尔发短信，或者发邮件，他常常跟我讲起他的家乡大理，他说他的家族世世代代都在经营银器，他的爷爷与父亲都有好手艺，会手工打造银杯、镯子、项链，甚至更复杂的一些器皿与工艺品。他父亲在老家古镇经营一家银器铺子，前面是店面，后面的院子就是住家，生意不好也不坏，足可养活一家人。从他的语气中，我听得出来，他非常喜欢他的家乡，也非常崇拜有好手艺的父亲。

有一次寒假过后，我们约了在他学校见面，结果我临时有事，改签了车票匆匆离家回了学校。过了几天，我收到他寄来的包裹，小礼品盒里静静躺着一对雕花的银镯。他说那是他父亲亲手做的，本想见面时送给你的。我谢过他，说其实下回见面给我就好啦，邮寄多麻烦。我以为我们在下一个假期就能见面，却不知，这之后，我们整整六年没有见过。

给我邮寄礼物之后不久，大四的他就离开了学校，去往深圳实习工作。他是学计算机的，成绩不赖，签了一个不错的公司，我知道后祝贺他，他却似乎并没有太开心。他变得忙碌起来，我也忙于毕业设计，彼此联系渐少，但每逢节日，他总记得发来问候短信。

他去深圳一年后，有个夜晚给我打电话，他说他辞职了。我挺惊讶的，要知道那时候我正为找工作焦头烂额，而他拥有一份薪水很高、上升空间也非常大的工作。我觉得可惜，他语气却很轻松，甚至有一种解脱之感。他说他准备回大理，跟他的父亲一起学手艺，然后接管家里的银器铺子。最后他说，你以后来大理旅游的话，来我家玩啊！

那时候，我对大理完全没有一丝概念，还是从他口中才知道这个地方，我应着他的邀约，但实际上也不知道会不会去，什么时候去。直至2011年，我第

一次去到大理，对这个久闻其名的古城一眼爱上，从此那里成为我每年必去旅行小住几天的地方。

这是我第三次来大理，终于决定同小白见一面。我从大理古城坐了一个小时的车才抵达他家那个小镇，这几年旅游开发，古镇渐渐热闹起来，但一月份游人尚少，我轻易就找到了他家的银铺。我掀开深蓝色布帘，就看见坐在柜台后面的那个熟悉的身影，他正埋头，手中拿着一条银手链在调整长度。

我叫他的名字，嘿，小白啊！他抬起头来，然后冲我笑。依旧是记忆里羞涩内敛属于小白的笑容，高原的阳光对他真仁慈，都没有把他晒黑一点，这里的水土一定很养人，这么多年过去了，他也不见老。

他带我参观他的工作室，就在院子后面，小小的房间里，摆着一张大木头桌子，工具与银饰小零件堆得乱七八糟的，桌子上的陶罐里，插着一大束紫色的鲜花，冬日阳光从后窗照射进来，一室的温暖与静谧。

傍晚时分，他的母亲做好了饭菜来叫我们，他的妻子摆好碗筷，倒好酒，我有幸享用了一顿最正宗的白族家常菜，阿妈亲手酿的桃花酿可真好喝啊！他一边劝我多吃菜，一边给怀里刚满两岁半的女儿喂饭，温柔耐心地教导她不可偏食，要多吃

蔬菜，眉眼间全是安宁知足的模样。

我忽然想起他很久前给我发的一封邮件，那是他回到大理一个月后。他说，回家的感觉真好，我还是习惯大理的蓝天白云与阳光，家乡的饵块真好吃，比之深夜里跑程序、数据的声波，我更爱听爷爷与父亲叮叮当当敲打银器时发出的清脆声响。我大概生来就属于这里，不管走多远，最终都会回到故乡。就像野马要回到草原，麋鹿终要回归森林。

以前我觉得他放弃那么优渥的工作很可惜，此刻见到他才明白，这个世界上根本就没有所谓的最好的生活标准，自己心之所向的，就是最好。

Love...

宗宗的爱情

我活成了他喜欢的样子，
可他还是不喜欢我。

“我活成了他喜欢的样子，可他还是不喜欢我。”

最后，宗宗这样说。

夜深了，酒瓶空了，听故事的几个人，有两个男生打了个瞌睡又醒来了，她的故事到此为止，却没有结局。

那晚，我们坐在人民路的小酒馆里，要了两瓶桃花酿，一杯酒下肚，宗宗给我们讲她的爱情。

宗宗是东北姑娘，一米六八的个子，一张大气漂亮的脸庞，大眼睛，头发高高绑个马尾巴，露出光洁的额头，二十出头的青春真是逼人，加上直爽开朗的性情，很难不让人喜欢。我们都认为她应该是学校里很多人追的那种女神级别，可她苦涩地笑了，说，我暗恋一个人很多年，做了很多傻事儿，努力很多，付出很多，可他怎么都不喜欢我。

是怎么开始的呢？她说，说起来蛮莫名其妙的，是别人传闻说他喜欢我，听多几次，我就慢慢关注他。那是个很优秀的男孩子，比我高一届。我那时候刚刚升入大学，没有什么特别的才能，又不会打扮自己，穿着发型土得要命，心里还有点自卑。

她真正对那个男孩子由关注变作心动，是因为他的一次维护。这不是她的初恋，却是第一次真正意义上的爱情，这段长达四年的暗恋中，她为他做过的事情，在此之前，没有做过，在此之后，她很肯定地说，也不会再做。

我做过的那些傻事儿，每一件，我都记得很清楚。她说。有一次，他参加一场考试，在考场上发短信给她，让她帮忙到网上去找答案。她对那些题目一无所知，完全找不到头绪，急得满头冒汗，觉得自己真是太笨了。后来她四处找朋友帮忙，弄得兴师动众，人尽皆知。

我不是个聪明的女生，但只要是他拜托我的事，我比对待自己的事情还要认真，用尽心思想拼命做好，让他满意。

那些年，他喜欢过很多女孩子，一会儿是欧美风格穿衣打扮的女生，一会儿是韩系甜美风，一会儿又是日系可爱风。那阵子，是我买衣服最频繁最多的日子，我的衣柜里，有欧美风、韩风、日风、棉麻风，都是他喜欢的女孩子的风格，没有一种是我自己喜欢的。他换一个女孩，我就换一种风格，我甚至根本不知道自己适合什么样的衣服。

这很疯狂、很傻、很卑微是不是？她笑，我知道，自己就是爱得很卑微，一度失去了自我。

她翻遍了他所有的网络平台，QQ空间、微博、微信、人人网，去看他每天的心情动态，去关注他关注的所有人。我喜欢旅行、民谣、海贼王，都是因为那是他所喜欢的。

我们关系很近，却只限于朋友。我后来成为最了解他的人，他心情不好不用任何表示，我都知道。我不会安慰人，就收集一堆笑话讲给他听。有阵子，我觉得自己都变成了笑话大全。宗宗说着，又开了一瓶酒。

他不知道我的感情吗？不，他当然知道，他只是假装不知道而已。这样的爱累不累？当然累。也有过想要放弃的时候，但放不下。

他毕业后，他们有很长一段时间没有见面，他回到了他的老家工作。有一次她外出旅行，为了见他一面，特意从他的城市转机。他答应她来接机的，可她下了飞机，等了许久，他却没有如约而来。那晚下着大雨，她独自打车在这个陌生的城市找酒店住下来，蒙着被子哭。在深夜才接到他的电话，他喝醉了，没有说抱歉，只顾着说自己难受，让她买水给他送去。她委屈得直掉眼泪，可还是爬起来，冒着雨打车前往，买了酸奶带去给他解酒。见到他的那一瞬间，他拥抱了她一下，这个傻傻的姑娘，竟然一下子就原谅了他。

宗宗说，这样类似的事情还有很多很多。

我问她，爱得这么拼命，这么累，又没有结果，觉得值得吗？

她非常肯定地点头，值得，我现在依旧觉得，喜欢他，这是我大学时做过的最勇敢、最好的事。她说，你知道吗，现在的我，不再是从前那个傻傻的他换一个女孩我就换一种穿衣风格的我了。我拥有自己的风格，我学会了打扮自己，我热爱旅行，变得开朗，交到很多兴趣相投的好朋友。因为想要努力跟上他的脚步，我让自己变得优秀。我喜欢现在的自己。

虽然没有得到期待的结果，但是，对我来说，这依旧是一段好的爱情。她说。

一起听故事的两个男生最后打起了盹，觉得小女生细碎的爱情有点儿千篇一律，有点儿无聊。我却心有戚戚，虽然故事不同，但宗宗做过的很多傻事儿，我自己在青春期，或多或少，也曾做过。

我想不止我，很多女孩儿都曾做过。

/// ◆◆◆

别人眼中的她是怎样的，她不介意也不重要，重要的是，她会喜欢每一个阶段的自己。

///

别人眼中的你是怎样并不重要

◆◆

说真的，这些年来，我想过无数种再见到她时的场景，但没想到会是在电视上，而且是在一档相亲节目上。她留着时下女孩子常见的卷发，精致的妆容，着一袭淡紫素雅长裙，若不是笑起来时左边脸颊深深的酒窝，我真的认不出她来。

我握着遥控器愣了一会儿，镜头扫到她时，我瞪大眼盯着她身前的铭牌看，张清河。

没错，是她。

那晚睡前，我给相识十四年的闺蜜发微信，我说，你还记得清河吗？

闺蜜秒回，清河？谁？

我说，哦，没事。

其实问完，我自己先失笑了，这个名字，在我生命中消失十二年了，连我自己也只是在某些时刻会想起来。闺蜜只同她见过一次，而且不喜欢她，甚至对我说，你怎么跟那种女生玩在一块？

“那种女生”，这词组与语气，一听就不是什么好的。对，那一年，张清河在很多人口中，都是“那种女生”。

哪一种呢？你所能想到的关于青春的贬义词都可以套在她身上。她留着很短很短的发，从后面看去，真像个男孩子，她的作风也像男孩子，抽烟喝酒文身耳骨上打数个耳洞，跟一群不良少年玩在一起，典型坏女生的定义。

我第一次见到她，以为走错了地方。她穿极短的热裤，紧身露脐短T恤，十八岁女孩子的娇美身形展露无遗。再低头看看自己，又看看教室里其他女孩子，不是土气的校服，就是保守朴素的衣服。

那年夏天，我们同在一个山顶画室学画画，她比我早入班一年，是师姐。我还在学静物时，她已经开始画人像油画，她的画画得很好，却极少有人去找她请教或者讨论。画室里的女孩子们都三五结伴，唯独她，总是独自一人。哦，也不对，她也有朋友，还很多，可全都是男生。

我见过她的朋友们，下课后，那群男生骑着摩托车，等在山脚，见了她，就吹口哨，商量着去哪儿喝酒。她也有一辆摩托车，是那种男生才骑的重型机车。我站在台阶上看着她嬉笑着吹着口哨与那些男孩子绝尘而去，忽然觉得她很酷。

闺蜜说我怎么会跟她玩在一块，其实她错了，我跟她，从没有玩到一块过。整个暑假下来，我跟她讲的话不超过十句，而且都是比如“可以借用下你的刀吗”“借过”“谢谢”诸如此类无关痛痒的话。

其实很多次，我有心想要找话题接近她，甚至也想过拿着画去找她讨论请教，但看着自己画了近两个月一点长进也没有，再看看她的画，便沮丧地放弃了。

我跟她最接近的一次，是我学画满三个月。我学了三个月了，可一点长进也没有。我不是不努力，可有些事情，似乎仅靠努力并不够。美术班的学费并不低，我选的画室又是全市最好，我是知道家里条件的，学画这件事，爸爸沉吟了许久才答应我。

这令我沮丧又内疚，觉得自己糟糕透了，甚至在考虑，就此放弃，可是，真的又好喜欢。

那晚我最后一个离开画室，昏黄的路灯下，我坐在下山的台阶上抱膝无声地哭。

她站在我面前时，我甚至没有感觉到，她最后拍我肩膀说，哎，借过一下。我抬头，她大概被我满脸的泪痕吓到了，愣愣的，久久无言，然后从我身边走了过去。

她大概落了东西在画室，没一会儿，她又下来了，手里甩着一串钥匙。我起身，也打算离开。她忽然在身后叫住我，喂，要不要去兜个风？

那是我第一次被一个女孩子载，她骑车的速度跟她这个人一样，生猛又热烈，我不好意思去抱她，只得双手紧紧抓住车身。被夜风一吹，脸颊上的泪都干了，心中的郁结似乎也好了一点。

最后她把我载到近郊的昭山下，她停好车，指着山顶，上不上去？我点点头。她从车后厢里掏出罐啤酒，然后往山上走。

昭山不难爬，有石阶，也有路灯，很好走。但我极少爬山，也不太爱运动，走着就有点气喘，而她却如履平地。

爬到山顶，我捂着胸口大口喘气，她好笑地看着我。我们站在山顶的凉亭里，夜风徐徐吹来，她趴在栏杆上，打开啤酒，咕噜咕噜喝了几大口，畅快地打了个嗝，然后侧头将啤酒罐递给我，喝吗？

我看着她，摇了摇头。

她耸耸肩，一口气将剩下的酒喝完，然后扬手将啤酒瓶飞了出去。她转身，望着我，哎，你哭什么？

我一愣，有点羞于启齿，但还是对她说了缘由。

她听后，过了一会儿才说，向前走，别回头。既然喜欢，就为喜欢坚持吧！她伸手在空中划过一圈，你想看到山顶的风光，只有亲自爬上去，才能真正体会到那风光有多美。

这样的话，由她口中说出来，真的有点奇怪，但我又莫名地觉得妥帖。

下山时，我对她说谢谢。

不用谢我。她说，我今晚正好也想来爬山，就当找个伴吧!

那晚之后，我们的关系也并没有变得亲密起来，只是见面时，彼此会笑一笑。

我甚至不记得最后一次见到她是什么时候，忽然有一天，她没有再出现在画室里，她在画室里本就没有相熟的朋友，到来与离开，似乎都没有人关注。只有我，在画画的时候，目光不经意地总会瞟向她站过的那个地方。

但是我知道，自己也不会去主动找她。我们连朋友都算不上，她也许都不知道我叫什么名字。

我没有选择放弃画画，我想她说得对，既然喜欢，那就坚持。我进步依旧很慢，画技平平，但总算，我为自己喜欢的事情，坚持了一次。

在电视上与她重逢的那晚，我梦见了她，我们站在昭山的山顶，俯瞰着夜色中的丛林，秋风吹动树梢，她趴在凉亭的栏杆上，打开手中的啤酒，仰着头，咕噜咕噜喝了几大口，畅快地打了个嗝，然后侧头将剩下的啤酒递给我，嘿，要不要喝一口？她摇晃着手中的啤酒罐子，好景，好风，好酒，好时光啊，莫呀莫辜负。

十二年后的我，在梦中，终于接下了她递来的酒。

三十岁的张清河，依旧漂亮，但留着长卷发穿着长裙的她，不再是我心中那个帅气豪迈的女生。

但有什么关系呢，她曾说过，别人眼中的她是怎样的，她不介意也不重要，重要的是，她会喜欢每一个阶段的自己。

心守一事

当一件事情成为你生命中心甘情愿的必须时，再多艰辛，你心里也会涌起一种强大的力量，推着你往前走。

Heart...

第一眼见到茶妈妈杜春峄，觉得她真年轻，一点也看不出六十多岁了。她穿着布朗族传统的服饰，站在茶树林小路旁边的一棵树下，双手交叠在身前，面带着笑容，朝每一个前来参加茶祖祭祀的客人道一句：欢迎。

我从她面前经过，故意放慢脚步，忍不住抬头多看她两眼，她发觉了，偏头冲我笑笑，亲切又朴实。她个子很高，皮肤是高原女人常见的黝黑。我注意到她放在身前的双手，那是一双常年劳作的手，一点也不像一个大公司的董事长。

三月份的时候，知道我在收集关于云南手作人的故事，朋友便问我，要不要跟他去一趟普洱，带我去见一位做了一辈子茶的老人。

我喜欢喝茶，但是对制茶一点也不了解。我对茶的最初记忆来自我的外婆，小时候，我常常跟外婆走很远的山路去茶园摘茶叶，天未亮就要出发，外婆说，清晨露水下的茶叶最嫩最好。茶叶采摘后，外婆当天就会将它们都放在一个大木盆里，用双脚使劲儿踩啊踩，然后晾晒干。那是最简易的制茶方式，朴实得没有一点花哨，但做出来的春茶挺香，外公很爱喝。

因为这一点遥远记忆里的茶香，我随朋友去了普洱澜沧，飞机转机又乘几小时大巴，只为见一见那个一辈子与茶相伴的茶妈妈。

杜妈妈从十六岁开始，就在澜沧景迈山上学习怎么制茶，一做就是四十多年，从一个小小学徒到古茶公司的负责人，几十年的变迁说起来好像几句话就可以概括完，但其间艰辛却不足为外人道。我从朋友发来的关于她的采访报道里了解了一些，但谈及那些波折与艰辛，她都只是寥寥数语，她似乎更愿意与人分享她的古茶园、古茶树、茶香、茶艺。

景迈山上有大片的茶园，山上居住着布朗族、傣族等多个少数民族，族民们靠山吃山，古茶园是他们赖以生存的珍宝，因此祭奠茶祖仪式世代传承下来。茶妈妈每年都会亲自主持这场盛会，见她站在路口亲迎远道而来观礼的茶友，朋友悄悄跟我讲，她一点架子都没有喔！我说，你听听，大家都叫她什么？不是杜总，而是茶妈妈！亲切又贴切。

她把这片高原深山上的古茶园当成自己的孩子，也当成家。她不是茶商，而是茶人。她能清楚地记得，景迈山有多少棵古茶树，也能清楚地知道，熟茶发酵时，应该洒多少水，开多大窗，盖多厚被子。直至现在，她年纪大了，依旧会亲自去茶园采摘茶叶，制茶。

她拥有一颗匠心。

祭茶祖仪式那一整天她都很忙，我只有短暂与她面对面聊天的机会。

我问她，茶对你来说意味着什么？梦想？心中毕生追求？

她笑看着我，摆摆手，没有那么伟大，我只是喜欢茶。我在这片古茶园中

长大，我为茶投入了青春年华，但它也回报了我永远年轻的心态与活力。

她说，你问我在困难黑暗的时候以什么来支撑着坚持这么久？因为这是我必须做的事，当一件事情成为你生命中心甘情愿的必须时，再多艰辛，你心里也会涌起一种强大的力量，推着你往前走。

我们常常说着坚持，可坚持却是最难的一件事，更何况几十年如一日，这仅仅靠一点喜爱是不够的，还需要足够强大坚韧的心。

心守一事，一生专注。有这样的态度，不管做任何事，在任何领域，都会成为非常出色的人。

The fire...

火痕

我的灵感，他的火痕，是彼此的情怀，以不同的形式，在某个意识世界里，相识，相伴。

缘茶会上，桌上是精美雅致的茶具，鼻尖是传承永久的茶香，温柔的茶艺师轻倒茶水，加上普洱独特的地理环境，那氛围格外安宁。看到朋友在那里有滋有味品茶的时候，我恨自己的舌头不够敏锐，可我还是能感受到茶的醇厚与绵长的回味。

芒景景迈山上的古茶树是大自然对布朗族族民的馈赠。茶人制作采摘下来的茶叶，用以维持生计、追逐梦想。来之前我是做了功课的，听说黑陶的特质能让普洱的味道更佳。我婉转地对朋友表达了要去拜访黑陶陶艺师的想法时，朋友说，因为时间关系，去手工作坊不太可能，黑陶的也比较难找，不过这里恰好有一位陶艺师，可以介绍给你认识。

他是鲁宁大叔。

第一次见他的时候，我下意识地盯着他的手看。

这些天来对手工艺人进行走访，知道他们的心是快乐的，但一双手久经生活的打磨，粗糙，有茧。而他的手，有泥土浸润的颜色。也正是这样，他像个孩子一样不好意思地摆手，婉拒了我的握手要求。

其实我是不介意的。

深居的手工艺人有他们的天赋和审美，被隐藏了沟通的能力。他说话极短，等着我发问。如果我一时短路，那就是短暂的冷场。我很喜欢这样不聒噪的对话。写过几本书，做着一本很畅销的杂志，走过很多路，也遇到很多很多的人。也许是天性使然，也或者是多年寂寞写作养成的习惯，对于那些个侃侃而谈的人呀，总是礼貌多过走心。反倒是鲁宁这样的人，一字一句，我都听进去了。

我知道的，手工艺人收入微薄，日子过得清苦，但他们过习惯了，所以也不会过多地为生活担忧。他们日复一日地钻研自己的手艺，活在不妥协的世界里。

不为生活为乐趣，是他们这群手工艺人的共通之处。

他们只想为这个世界留一点最后的坚持。他们也不知道，自己的坚持能让后世记住多久。能做的，只是以自己的力量，能延长多久是多久。

他有一个小窑，一个助手。每个月烧两次自己的作品，一次烧三到五天，总需要有个帮手。他们的亲情观念极重，所以助手就是自己的侄子，一边帮忙，一边学点手艺。因为自己的挑剔，成品率不到百分之五十。每次淘汰作品时，侄子都神态紧张地看着他，有些在侄子看不出瑕疵来的陶具被淘汰时，侄子都会忍不住对他大叫，这哪里不合格了？

说到这里，鲁宁笑了笑。他说，不为别的，成型的东西，不能让我欢喜。

这样的心思啊，跟我还真有点相像呢！以前在爱情故事里我说——爱一个人时，什么都介意，却又什么都妥协。但今天他给我的感触是，爱一件事是什么都介意，一点也不愿意妥协，因为确信自己能做到令自己满意的程度。极有同感的是，我有一段时间极少刊载短篇作品，并非因为我写得少，而是自己不满意，所以它们消失在我的电脑硬盘里。

鲁宁最拿手的是柴烧技艺。这古老的技法学起来不易，难度极高，一路摸

爬滚打，才有了今天的心得。这心得是他的秘密。

他和我讲述柴烧的时候两眼放光，说每一道火痕在陶的表面都会留下它独有的美。他用手在空中比划一圈，像是表达某种信仰一般想让我明白他要表达的意思。那纹路，不可控，是火苗舔嗜过的独有图腾，术语叫作自然落灰釉。这正是柴烧陶的迷人之处，作品呈现的效果浑厚质朴又古拙，令人沉醉。而年轻人都崇尚气窑电窑，享受大工业的便利与快捷，无法理解鲁宁对柴窑的迷恋与信仰，毕竟柴烧费时又费力。

我理解他们。鲁宁说。

我也理解他们不理解我。鲁宁接着说。

就像我的家人不理解我一样。鲁宁的话匣子被打开以后，就想起了他很多的往事。

能在这世上静下心来的，想必都是曾经历经这个世界的繁华。在有所顿悟之后，才有如今的选择。鲁宁出生在一个陶瓷世家，家境优渥。世世代代守着一个院子，有两笔无形的财富——院子下的深埋的土和家人的手艺。

据鲁宁说，翻新的院子下面，埋有超过150年历史的土。埋了几十年的烧好的瓶瓶罐罐不计其数。说到这里，我还是不太明白，毕竟隔行如隔山。土里面埋着土，为什么还有年代差距呢?

守得住寂寞，使得他有着足够的耐心。他解释说，他的家族一直在做仿古瓷器，对古瓷器极有研究，在修复技术上更是一绝。用几片元代的碎瓷片，就能做出近乎于原版的青花瓷杯出来，水平做到这个分上，就真假难辨了。即使是用同位素测量的方式来估算瓷器的年份也不怕，他家的地下埋着旧土。

年轻的时候他很为这些事情自豪。因为生活无忧，还可恣意挥霍。他去过几场拍卖会，亲眼见过自家的瓷器拍出天价。不知道在哪一天，突然开始自我怀疑良心不安。

正是因为年轻，才有洁癖。既然路不同，便各走各的路。人有时候想要逃，还是只能逃到自己擅长的路上去。

而他已经学了很多年的陶艺，除此之外，他并没有别的技能。陶与瓷，系出同门，由烧制温度上的差别来决定。

离开的时候是决裂的，年轻呀，敢不计后路，觉得没有什么不可以。就和我上学时候一样，身上没什么钱，也敢四处游荡，知道路上会被动，但熬一熬就过去了。和同行的女游客拼桌子、拼车子、拼床位，用尽一切办法省钱。妈妈心疼儿子，却又留不住他，就往他的包里塞了一点钱。他挤上火车，就漂到这里。并不是因为向往，只是要离家足够远。

搭了个棚子，又请山里的居民建了个小窑。自己一边囤土一边打柴。从烧制日用陶器开始，一方面攒经验，一方面讨生活。打来的柴分成两份，一份现烧，另一份为未来做准备。虽然家里做着不见光的生意，但技术是绝对上得了台面的。有一些讲究，潜移默化地传承到他的日常行为里。要烧制自己的心水之作，柴火是要积放半年的。

时间久了，家里那道坎也就过去了。双方各退一步，还惦记，还联系，就是换了种相处的方式。毕竟是家人。鲁宁开始了新的生活，娶妻生子。侄子听到他的故事，觉得他是个了不起的人，就跑过来做了他的助手。

家族里还有一个人欣赏他的做法，也算是对他的安慰了。

侄子和他一样，怀念质朴的生活，以吃苦为乐，和他一起手工拉坯，抱柴守窑。虽然主角是他，但两个人都没有漂亮的语言，没后悔最初的选择，没放弃一直以来的坚持，这就是他们质朴的情怀，共同的匠心。

他用老式的诺基亚，充一次电能用一个月，与世界保有联系又有些许疏离。他的窑离这里有很长一段距离，于是我们约好了下次拜访。他很好奇他在我笔下会是什么样子，我也好奇他的作品有什么新奇之处。我们彼此好奇，就为下次相聚提供了可能。我能想象在某一个深夜，我的电脑屏幕散发出微蓝的光，黑色的小光标缓缓前进，而他守着那个小窑的火光，静静地等着下一件作品问世。

我的灵感，他的火痕，是彼此的情怀，以不同的形式，在某个意识世界里，相识，相伴。

Sugar...

奇遇分享糖

他熟知未来世界的风险，所以不要小女孩接受陌生人的馈赠，同时又呵护她的善意。

女孩子对糖果都有独特的偏爱吧。

在我刚记事的时候，商店还叫供销点，现在想起这个名字，都觉得好玩。要隔好多天我才能去一次，坐在爸爸自行车的前梁上，舔舔自己的嘴巴，开心极了。

夏天来临的时候，我在大槐树下荡秋千，树梢上有知了在叫，我眼巴巴看着对面那条烤出尘土的大路。如果运气好，会有挑货郎或者用三轮车搭成的流动货摊经过。我拎着早就准备好的破油漆桶，去换几块糖果吃。

那个特别的岁月里，坏了的胶鞋、残破的油漆桶、一截铜线或者几斤麦子都是可以换东西吃的。在流动小摊上，糖果与玩具都是用塑料袋包好的，上面总有灰尘的痕迹，可我们一点也不嫌弃，心情舒畅地抢着吹掉上面的尘土，挑几块自己爱吃的糖果。

天有点热，纸包装的薄荷糖难免有点化，那得多拿一块。笑容憨厚的摊主伯伯也不计较，咧着一口大白牙，用粗糙的大手摸摸我的头，那眼神啊，想起来都觉得暖。还有杀肚子里蛔虫的宝塔糖，管它是不是药，也要来两块，嚼一嚼，格外甜。

后来我长大了，自己能赚钱了，路过大大小小的城市，居住在无辣不欢的长沙，去偏居一隅的小镇旅行，养成了去大超市、小商店扫糖的习惯。拆开花花绿绿的包装，再也吃不到童年糖果的味道。有时候一走神，就突然想念家里那棵大槐树，微风吹过来，小秋千在下面荡啊荡。

有一年我在云南南部晃荡了一些天，返程的路上，小巴士穿过一条条并不平整的路，一车人昏昏沉沉，我坐在靠窗的位置，悄悄地把窗户拉开透气。大口呼吸的时候，我居然闻到了糖的味道，裹着春末夏初的尘土味，像是到达了生命中的某个奇妙时刻。

我急忙叫司机停车。司机踩了刹车，看我从行李架上拎走我的小拖箱，满脸疑惑地问我，你确定要在这里下车？我知道他是善意，也知道自己真的有点傻乎乎，但我顾不了许多了。

我要下去看一看。

就凭着心底的那一丝冲动，向司机道谢之后，顺着时有时无的糖的味道，一路走下去。

那一刻的心情，说不清楚，一点欢喜，一点莫名其妙，还有一点期待。

我不知道会遇到什么，但是，管它呢！

举目是高低起伏的田野，人烟稀少，还是能看到不远处有烟。我朝着烟的方向走过去，艰难地穿过水渠，看到下面有几间低矮的房子，围成一个不封闭的小院子。院子里有口锅，锅下方支着火，火烧得旺了就能闻到糖的甘甜，火势小了就是柴火的气味。我拎着我的小箱子，站在那里，傻乎乎地看着。

这里应该有很长时间没有来过陌生人了。正在熬煮麦芽糖的中年人站起身来，将锅盖好，拍拍身上的尘土，朝着我的方向走过来。

他用带点口音的普通话问我，姑娘，你找谁呀？

这是牟伯伯跟我说的第一句话。

牟伯伯年近五十，头发白了很多，穿着像是自己缝制的深蓝色衬衫，一双军绿的球鞋倒是很适合劳作。这样的着装，在我小的时候随处可见。现在看到，觉得很亲切。牟伯伯问我是不是迷路了，我摇了摇头。他问我是不是饿了，我还是摇摇头。我指了指他的小院子，告诉他其实我是被糖的味道吸引过来的。

见我欣赏他的劳动成果，他很是开心。他对我说，他的女儿和我差不多大，现在在外地上学。

牟伯伯带我看他工作的地方，他正在熬制麦芽糖稀。边上有几个布袋，里面是正在发酵的玉米和大麦芽，一个小时以后他就要开始下面的工作——在石头压榨工具下把布袋里的麦芽糖挤出来，然后再放到锅里熬煮。

再往里走，有几个大缸，缸里的大麦，长出了嫩芽。这是发酵前的工作，大约需要三天左右。

介绍到这里的时候，他有点不好意思，自己先笑了起来，说，顺序介绍反了，能理解得过来吧?

对于他的坦诚，我倒是很喜欢。牟伯伯可能真的把我当他的女儿看待，一点也不藏私。也许在他看来，这制糖的方法并不是什么秘密。但我经历过很多避重就轻的访谈，他们对有些东西讳而不言，个中顾虑，我也理解。越理解那

些人，对牟伯伯就越多几分亲近。

牟伯伯精于做花生糖、芝麻糖和糖画。花生糖、芝麻糖的做法属于同一路数，原料不同而已。花生糖最为简单，也适合他这样的手工艺人制作。挑饱满的大粒花生，炒熟了去掉红衣就好。而芝麻的去皮工艺需要浸泡一整夜，还需要舂掉表皮。他用手指了指右边的搪瓷盆，里面浸泡着大把大把的芝麻。

因为天气渐热，牟伯伯只保持了极低的产量，日子倒也算清闲。伯母在不远处的田地务农，日出而作，日落而息。

我见过一些坚持手工糖果梦想的人。他们很多是从国外学成归来，分散在大都市里，比如上海的田子坊等。他们赋予糖果多彩的颜色，各异的造型，原料简单，制作繁琐，辅以各种原料，炮制出不同的口味。铺子前会围拢很多小情侣和小孩子，指着陈列的那些糖果，想要这个也想要那个，好纠结。好在现在的小孩手头宽裕，想要什么都可尽数收到腰包里。

为他们的技艺惊叹，但总不能找到太多情感的共鸣。

而在这里，在这原汁原味的童年记忆面前，我却有要大口嚼糖的欲望。虽然牟伯伯一个劲地往我手里塞糖，那宠溺的样子，真心把我当成了他的小孩。可我坚持原价购买，不是我有意疏远距离，而是手工艺人的作品，理应得到应有的尊重。他拗不过我，只得连声说，你这丫头，你这丫头……

花生糖与芝麻糖的配方里，还有他自己熬制的猪油，这算是他独特的小秘方，所以吃起来有一种特别的香味，更加像我记忆里童年的味道。小时候我可没少用猪油拌饭吃，每次都能吃好大一碗。

牟伯伯拿了一只小锅，弄了点麦芽糖稀，支起了小炉子。他有点俏皮地说，决定友情赠送我一个糖画。尽管我们的友情还不到三个小时。

一张白纸，一个勺子，他要给我画一个大圣。我好想把那一刻留下来，但这次出行是散心，没带相机，手机也早没电了。心里有些遗憾，但转念一想，这温暖的时光，要心无旁骛，才不会被辜负。

这奇妙的时刻，给了我太多的感动。明明没见过，却还是像久别重逢的故人，突然闯到你的生活里，把你感动到不要不要的，还死命拉住你不许你哭。

日近黄昏，牟伯伯示意我等一会儿。他走出院子，原来是去接伯母回来。农具有点重，她也累了一天，他不放心。

这可能就是父母那辈的爱情吧。没有什么华丽的语言，也没有追逐浪漫的好点子，饿了添饭，渴了续水，累了就帮着分担一些。

伯母也是热情好客的人，知道我只是误入这里的游客时，表示只要我不嫌简陋，她女儿的房间可以提供给我。也许是怕我不放心，还说门是可以反锁的。

一时间，我倒局促起来。一个陌生人到了他们家，不放心的应该是他们吧，反倒替我担心，这种信任，真不知该说什么才足以表达我内心的感动。

推辞了很久，牟伯伯夫妇才同意我付食宿费。不过他们只是象征性地收了二十块钱。菜园子里有一些新鲜的菜，很对我的胃口。牟伯伯换鞋子准备出门时，我大概意识到，好客的他们怕地里的菜不足以用来待客，要出去买点别的食物。我急忙借故跟在他后面，陪他说说话。我果然没猜错，他正是去附近的小市场买熟食的。他挑了很多种类，估计一个星期都吃不完。我说多了多了，他说敞开肚皮吃，别饿着。我坚持要付款的时候，他又觉得买多了，生怕花多了我的钱。

柴火灶里的饭，吃得格外香。像儿时奶奶烧的那个味道。

他女儿的房间，干净又整洁。一张褪色的周杰伦的海报贴在墙头，已经有些年头。床单是小时候我也用过的国民床单款，记忆扑面而来，换来一夜的好睡眠。

休息够了，第二天也就很早起来了。今天牟伯伯要去摆摊，我跃跃欲试，也要去看看。估计他女儿也陪他去出过摊吧，所以他轻车熟路地把我安排在三轮车煤球炉子旁边坐着，伯母特地加了个棉花垫子，早餐之后就出发了。

过了昨天那个小市场，又过了大约十五分钟的路程，到了他摆摊的地点。这里有很多孩子喜欢他的糖画，花生糖与芝麻糖也同样丰满了他们的童年。

生好炉子，麦芽糖稀开始热得翻泡泡，周围也聚起很多小孩。有大一点的孩子自发维持秩序，警告别的小孩别靠近炉子，烫。香味又驱使他们忍不住把脑袋往前凑。

我看着那些可爱的小鬼，忍不住笑起来。我想自己小时候大概也是这样一副模样吧。

牟伯伯画了猴子、蝴蝶、鲜花……不一会儿，已经有小孩拿到了他要的糖画。还有买了花生糖的，相熟的小伙伴讨一颗没成功便退而求其次，商量着咬一口。同意了之后，糖的主人拼命攥着不让多咬，另一个小孩一个劲地嫌弃对方不够大方。攻防之间，尽是小智慧。

牟伯伯笑眯眯地望着那些孩子。然后他问我，你要不要试试？

呀！我早就心痒痒了，只是没好意思说出口。

我接过小勺子，他说，手腕固定，手要平稳……他为还没说完，我手一抖，一大滩麦芽糖稀落到了纸上，想挽救已经来不及了。正在为自己的笨手笨脚而懊恼呢，一走神，又滑了一滩麦芽糖稀，哎，真是怕什么来什么……

牟伯伯大手一挥，吆喝开了——新作品《两个太阳》，谁想要谁想要！一群小孩子诚实地表示了嫌弃。他哈哈大笑，从我手上拿过勺子，同样手一抖，应该是故意洒了一滩麦芽糖稀，说，《三个太阳》，有没有想要的！送一粒花生糖，不要一会儿就涨价了。

这时，有个扎小辫子的小女孩走了过来，用怯生生的声音说，是《一个太阳和两个月亮》。她问，多少钱？

我有点过意不去，提出买了送给那个小女孩。牟伯伯摇摇头，示意我别这样。大概是说，无论贫富与否，人人都有力所能及的善意。

如果是在别的地方，我可能会多想，会把这当成是生意人的狡黠，而他的举动，我打心眼里认为他真的很赞。他熟知未来世界的风险，所以不要小女孩接受陌生人的馈赠，同时又呵护她的善意。更何况，他的价格确实便宜。

时间飞快，一转眼就中午了。牟伯伯收摊，一起回去吃中饭。下午，我就得离开了。

他把我送到我下车的地方等车。我和他聊起昨天的事情，我说我是闻到糖味才下车的，他表示不信，连连摆手，说不可能，隔着这么远呢！

和他聊天，最舒服的地方就是他会直白地表达他的态度，同意就同意，不同意就告诉你他觉得不对。我算了算距离，味道飘这么远，也不太可能。可我昨天真的闻到了。

我笑笑，没有同他争论。有些时候，大概是只属于自己一个人的奇妙时刻，不可与人说。

one thing...

拉布

技艺传承的初衷，是为了它能有一个最好的品质。而拉布家传承的方式，是一人一辈子只做一件事。

拉布要完成自己的作品，需要三个人通力协作。他朝我比画了一个手势，大拇指和食指弯曲，其他三个手指伸直。我知道，他说的并不是OK的意思。

这三个人原先是他的爷爷，他的妻子和他。后来他的哥哥继承了爷爷的那部分工作。他的爸爸没有参与其中，爸爸在他小的时候去世了。他最自豪的事情就是他九岁的儿子很喜欢看他工作。可惜我的手艺并不能传给他。拉布说。我正惊讶呢，他又补充了一句，说，我的爷爷相中了他。

爷爷有一台将近两百年的机床，经过哥哥的修补，现在还能发挥很大的作用。那天我们到访的时候，哥哥去集市采购木料，爷爷在午睡，那台爷爷极其珍视的机床就锁在院子右边的小屋子里。轻轻地推动木质的小门，挂锁被拉动之后能透出一指宽的门缝，我从那里看过去，拉布所说的机床其实就是一个木材料的工作台，用手一拉旁边的绳索，就可以带动钻头打孔。很简单的结构，凝结着古人的智慧，好用又省力。据说还有一些神奇的功能，只要调整好，就能给木头车出想要的形状。

拉布一边介绍一边向我们摊摊手，以示抱歉。他有几次想要叫醒午睡的爷爷，被我拉住了。我想在老人午后清眠的梦里，一定有很多过去美好的事情。在他们有限的生命里，在他们有限的记忆里，如放电影一般，和梦一起出现。

我想起我的小时候，年后的集市，不期而至的挑货郎，都是我补充玩具的好时候。我喜欢一吹就会响很久的木口哨，喜欢木柄的拨浪鼓。和外婆一起去摘茶叶的时候，我嘴里吹着木口哨，手中摇着拨浪鼓，这是我给她加油鼓劲的方式。外公左手一把蒲扇，右手拿着有些年岁的紫砂壶，皱着眉头嫌我的口哨吵，却又纵容地看我满院子跑。

童年时工业不算发达，衣食住行很多都是这些老手工艺人提供的。

我爷爷、伯父，以及我的爸爸，都是手工艺人。我伯父就是同拉布一样的手木工。

我热爱收集手工艺人的小故事，也是源于此。

拉布童年时候的陀螺就是爷爷做的，他用它赢了很多小朋友，那是他童年时特骄傲的事。后来入了行，才知道这一行的清苦。

和别的靠手艺吃饭的家庭不一样，拉布家的工艺是集体传承，分工极为细致。爷爷负责木胎，拉布负责雕工，妻子负责漆器。从原始的木料，到最后的成品，经由三个人的手，最后以很平常的价格卖出去。家常用的手工物就这么便宜，况且当地的经济水准也就是这样。

年轻的时候拉布有自己的梦想与抱负。见过爷爷的付出，更了解爷爷挣得的生活，觉得回报与付出远远不匹配。他出去走了一圈，决意要通晓所有的工艺，一人兼顾全流程。他是一个勤恳的手工艺人，能想能做的，就是要立志改变家里的局面。

要做到全流程并不难。同一个院子里，不同的区域，只要肯花心思，都能学到。毕竟，同一个屋檐下的亲人，彼此之间并不会给手艺设置壁垒。

那一段时间，爷爷与他的沟通变多了。拉布打心底里觉得，这是爷爷对他的成全，所以拉布很努力。

爷爷在那一段时间醉心于盏具。拉布一家是后来搬来的，在这茶香四起的云南，盏具有着不错的市场。不少爱侍奉茶具的家庭里，好的茶盏必不可少，用以待客或者自用。有雅趣之人爱用木盏的当果盘，这是饮茶以外的新用法，盛放少量坚果用作辅食，而盏托的外沿则可以用来放置食完的果壳。从爷爷手中出去的盏具，即轻巧又精致。

爷爷得到一块木质坚硬的柚木，把玩了许久仍不肯下手。拉布凑上去看过，平直的纹理，做出来的器具会特别美观。他都替爷爷想好了，做成盏具之后，他会在上面雕刻《松下问童子》的传统图案，然后上一层清漆保持原有的木质纹理即可。

这样它很快就可以面世。而不像有些器具，需要一年或者数年的工夫。因为最费时间的，是用矿物的颜料上漆，每一道漆要干燥一个月时间。也就是说，如果上的漆超过十道，那么，成品要在一年以后才能看到。拉布经历过的一件木雕，足足在家里加工了四年零六个月。

在拉布日复一日的观察以及与同类的产品对比中，拉布发现，爷爷的绝技就是他的盏具几乎与胶水绝缘。

外层托盘加里层的固定茶盏的托圈以及茶盏整木一体成型，这是爷爷做这个柚木茶盏的想法。难度大得让拉布屏息凝神，他蹲在一边，看着爷爷在那台破旧的机床上一点一点车出自己想要的宋代样式。

爷爷那双布满老茧的手有着神奇的魔力，拉布已经觉得够好了，但爷爷还在努力使器型变得更轻薄。那一招一式，看得拉布心都化了。他想到了爷爷早先看自己的眼神，就是这样的，一个老艺人对待自己的作品，就如同看待自己的孩子一样。

拉布说，所有的话都是多余的，爷爷眼神的凝重与认真，他表达不出来。

大音稀声，如果换作我，我想我也会词穷吧。

可是，爷爷的那件作品还是失败了。不知道是木头的原因，还是爷爷想挑战一个极限，上面出现了一个裂缝。拉布说，一般人是看不出来的，但是爷爷坚持不再做下去，就这样，把半成品放在他自己的房间里。

那天爷爷叹了很长一口气，他说他做了一辈子的车木手艺人……后面的话，拉布没有听到，也许爷爷并没有说出来。然而拉布的脸，一直烫到耳根。

有很多事情，是没办法追查原因，也没办法去更深入地了解缘由的。有些事情可能一开始就注定了这样的结果，无论是有心还是无意。技艺传承的初衷，是为了它能有一个最好的品质。而拉布家传承的方式，是一人一辈子只做一件事。

车工，雕工，漆工，三者合而为一，三者需要不同的角色来完成。如果一人大包大揽，难免囫囵吞枣学艺不精，失去了手艺人的本分。

这世上有许多博学且又精通各项技能的大师，他们是天才，是拉布虔诚仰望的对象，但永不是拉布。他只是横竖之间着力均匀，只为自家产品增添光彩的手工艺人拉布。他的付出也不是没有回报，在这一带，许多人为能买到拉布的产品为荣。尽管物以稀为贵，拉布的产量极其有限，可拉布秉承了一贯的定价，且这定价已经有五年没有上涨过。他始终坚持着简朴的生活以及极其质朴的创作。

他过得不怎么宽裕。这是手工艺人最常见的事情。他还是回购了一些爷爷的作品，放在爷爷看不到的地方。爷爷年龄大了，有一天啊，只能活在他的记忆里。有一些老物件，至少会让自己多点安慰。

那天我有幸见到他的妻子，特别温婉的中年女人。为人阳光，笑容温暖，再多的溢美之词放在她身上都不为过。两个人是一对神仙眷侣，无论是工作还是生活。

俗话说，木匠怕漆匠，漆匠怕照亮。也就是说，她是他产品的检验师，能很容易就看出他做的东西到不到位，而她的漆器如果对着光照，就能看到有没有瑕疵。如果他的产品很完美，那么她就先成功了一半。在他们两人的生活中，还有一个词，叫相互成全。

那天只在拉布家作了短暂的叨扰。我没有拍摄他的产品，尽管那些有灵性的小物件看得我满心欢喜。只因为拉布说，他只是个普通的手艺人，能力有限，能惠及身边的朋友及乡亲就是他全部的愿望了。

这是他的表达，也是他的婉拒。我可以带走他的故事，却不可以打扰他的生活。

在他的世界里，他永不会想着成名，或者向往外面更大的世界。在他的天空中，欲望很小，听听刀具划过木头的声音就会觉得很满足。在那个木篱笆围成的小院子里，爷爷睡觉打着鼾，妻子在笑，儿子在闹，万事万物美好得没烦恼。

泸沽湖的多吉

他是真的热爱着他引以为傲的家乡，这大山大水，他心中神仙居住的桃花源。

“这里是神仙居住的地方。”

载着我们环湖的司机多吉起码说了五遍这句话，他爽朗的声音里有着藏不住的骄傲。

我们一行四人，刚走出客栈没几步，就被多吉的喇叭声叫住。他从崭新的小车里探出个头来，嘿，包车环湖嘛！

他报出的价格同我们打听的差不多，三人觉得可以，可其中一个人却想走去码头再看看。多吉多会做生意啊，立即把价格降低好多。

上了车，他就给我们派名片，派完名片又问，加不加个微信啊？以后我可以给你们发泸沽湖的照片看，夕阳、晚霞、落日，夏天的时候还有超漂亮的星空，美得很呢！

我笑笑不作声，心里却在想，这个司机，真是热情得过了头，还有点儿聒噪，真担心他巴拉巴拉讲一路。

在路上看见骑着电瓶车环湖的人，他指着人家说，天呐天呐，这么冷的天气呐，骑一圈他们就要冻成冰棒啦！

一车的人轰然大笑。

我忽然就觉得，这个中年大叔真是可爱啊！

他的车开得又稳又好，环湖公路可谓是山路十八弯，很凶险，他开得平平稳稳。

当然啦，我连西藏的公路都开得稳稳当当。听见夸赞，他可是一点也不谦虚。

多吉以前在西藏林芝当了十几年的兵，退伍后在怒江跟朋友开酒店，听他语气，似乎生意做得也不小，最后却还是回到了泸沽湖，买了一辆小车做游客生意。

生意做那么大，怎么想到回来呀？我忍不住问。

泸沽湖好啊，这是神仙居住的地方。他说，待着舒服。

他的妻子是昆明人，结婚后却分隔两地。没办法啊，他说，我去昆明待一天就受不了，而她，也受不了泸沽湖的安静。我说，长久以往也不行吧？他嘿嘿一笑，虽然人不在一起，但只要两颗心连在一起，就可以了啊，你说是不是？那一刻还真有点不适应从一个中年男人嘴里听到这么……近乎矫情的话。

他又说起他的儿子，在北京念大学，今年大四了，学的是民族美声。他言语间满是骄傲，我儿子刚刚考入了一个文工团，几百人就招一人呢！我儿子很厉害的，大二就在培训班做老师，带了一帮初中生，那些孩子都很喜欢他，像朋友一样相处。我就说他啊，作为一名老师，跟学生玩闹是玩闹，但你要把你所有的真本事，都教给学生啊！你们说是不是这个道理？

听他一路巴拉巴拉讲些有的没的，倒是比窗外风景更吸引我了。

每到一个小景点，他就把车停下来让我们多拍照，还主动给我们拍合影。

他是真的热爱着他引以为傲的家乡，这大山大水，他心中神仙居住的桃花源。

别说，他拿着单反拍得有模有样儿的，俨然专业摄影师的架势。拍完了举着相机给我们看，哈哈笑着自夸，哎呀，我拍得真好看啊！又说，哎呀，第一次用这么好的相机，这个相机真好。来来来，多拍几张！

上车时同行的姑娘喊他，师傅，师傅，走啦。他立即严肃纠正，我不是师傅，我叫多吉，丹增多吉。你记住啦，小姑娘。又问我们晚上要不要去看摩梭人的传统篝火晚会。晚会是收门票的，他说，我哥哥是那村落的族长，你报多吉的名字，给你打折！

晚上我们真的去了篝火晚会，在门口跟卖票人说，我们是多吉的朋友，说给折扣的。卖票人嗤笑一声，你把多吉叫来啊，叫来，免费让你们进，让他买单好啦！

门票本也不贵，我说，算了吧。另一个小伙伴说，多吉肯定随口说说而已的，夸大话。朋友却坚持，真的给多吉打了个电话。

十分钟后，多吉从夜色中走来。

目送我们进去时，他一边挥手，一边大笑着说，好好看啊，我们泸沽湖的歌舞美的呢！

我走在最后面，回头看了他一眼，看着他用力地挥着手，再次走进了夜色里。

忽然就想起，下午给多吉拍照的时候，他站在栏杆边，大大地张开手臂，像个可爱的小孩子，大笑着拥抱脚下碧绿的泸沽湖。

他是真的热爱着他引以为傲的家乡，这大山大水，他心中神仙居住的桃花源。

The river...

倒流的河

这世上或许有倒流的河，但时光，永远、永远也不会倒流。

直到现在，我也不知道苗苗姓什么，是哪儿人，多大年纪，你知道的，旅途上遇见的人，如果人家没有主动提起来，总不好我也觉得没有必要追问这些。

我是在布尔津遇见的苗苗。

那时候我刚刚从喀纳斯出来，旅途到了尾声，又因为几个小时山路的舟车劳顿，我有点意兴阑珊。而且，我对喀纳斯有点失望。这个地方，是我心心念念那么多年的呀，它是我来新疆的动力与执念，结果，却与我想象中的完全不一样。

也许就是这样，当你对一个地方投注了过高的期望，身临其境时多多少少都会有点失望。反而是布尔津这个中转小县城，令我惊喜，街道干净整洁，好多漂亮的花园旅馆，房费又不贵。

我住的旅馆里，有个小庭院，种了许多的花花草草，还有一棵蓝莓树，正是果实累累的季节，缀在枝头的蓝色小果令我垂涎，又是夜色阑珊时，我忽然就动了小心思，自长大后，好久、好久，没有干过去人家园子里偷摘果子的事儿了呀！

猫腰钻进园子里，就着大厅窗户里透出来的一点点光线，我睁大眼努力从树叶中摸索着蓝莓果，太专注，以至于有人走到我身后也没有觉察到。

“嘿！”忽如其来的声音真的把我吓个半死，下意识就叫了一声，马上又意识到自己正在做的事儿可不怎么光彩呀，惊叫声收在了半路，我转头瞪着那个可恶的人。光线昏暗，我看不清楚对方的面孔，但从身姿与长发，知道是个年轻的女孩子。

我还没开口呢，她竟然走近一点，扯起上衣围成一个兜，对着我抓满果子的两只手努努下巴，说，来，帮你装。

我一下子就原谅了她对我的惊吓，觉得她真是可爱得深得我心呐。

这个可爱的姑娘就是苗苗。

后来我与她狼狈为奸，偷摘了人家满满一衣兜的蓝莓果。干了坏事，哪里还敢走进旅馆去洗果子，苗苗就扯着衣服兜大摇大摆地走在街上，我跟在她身边，一边从她衣兜里掏果子用手抹一抹就开吃，一边忍不住笑起来，心情也跟着明朗了几分。

因为这点“战友”交情，我请苗苗去吃宵夜，布尔津的狗鱼远近闻名，烧烤着下啤酒，夜色都变得格外迷人起来。

我酒量不太好，但若与同饮的人谈得来，就容易放肆。我不知道苗苗酒量几分，但她喝完一瓶脸就变得通红，映衬得一双眼睛愈加黑亮。她并不是个漂亮的姑娘，但有一双好看的眼睛。

当苗苗趴在桌子上话变得多起来时，我知道她有点醉了。有的人喝醉后沉默酣睡，有的人则滔滔不绝地说话，还有的人抱着酒瓶哭。

苗苗跟我说起她为什么来这里，她说，很多人来这里是因为喀纳斯，可我啊，我对喀纳斯没有一点兴趣，我是来找一条河，倒流的河。

我立即就知道她讲的是哪条河，额尔齐斯河。来时，从北屯到喀纳斯的大巴上，沿途有很长一段路都是绕河而行，我坐在最前排的座位，司机指着公路不远处的河流跟我讲，看到没有，那就是额尔齐斯河，国内唯一一条倒流的河。

苗苗说，你知道我找这样的一条河找了多久吗？找了那么久啊，走了那么远啊，可是找到了，又怎样呢，什么都没有变……她说着，趴在桌子上，头埋进手臂，久久没再开口，静静的，像是睡着了。

我不知道她是不是哭了，我没有打扰她，独自将剩下的啤酒与烧烤都消灭掉，然后坐在那里等她醒来。

我们回旅馆的时候很晚了，她走在我身边，除了有酒气，看不出一点醉态，我们默默走着，彼此都没再开口。我心里当然有好奇，也喜欢听故事，但毕竟萍水相逢，不好多问。

直至进了庭院分别时，她忽然说，两年前，有个人跟我讲，让我原谅你，好啊，他指着我们站着的江面说，除非江河倒流。

她说得没头没脑的，但我想我听明白了一点。她为了得到一个人的原谅，满世界寻找一条倒流的河，整整两年，执着地，跋山涉水而来。

第二天，我离开布尔津，没有同苗苗告别。

大巴再次路过额尔齐斯河流域时，我将脸贴在玻璃窗上，凝视着阳光下泛着波光、静静流淌的河水，心里涌上淡淡的怅然。

我不知苗苗与那个人到底发生过什么故事，也不知那人到底有没有原谅她，但是我知道，苗苗也知道，就算她如此固执地找到了一条倒流的河又怎样呢？

这世上或许有倒流的河，但时光，永远、永远也不会倒流。

Friend...

我的朋友苏莲托

跋山涉水来看一场球赛与看一场夜景，都只是因为心中的那点不老不死的小情怀。

苏莲托并不姓苏，我是根据他的英文名Surriento翻译而来这么叫着。苏莲托是意大利狂热爱好者，他有多喜欢呢，你看他的名字就知道了，Surriento，正是意大利的一个港口小镇。

“重回苏莲托。”

我们站在一望无际的蔚蓝地中海边远望时，他这样对我说。

这是他第二次来意大利，也是第二次来到苏莲托。这对辛苦工作一年才送自己一次长途旅行的他来说，着实不太容易。毕竟世界这么辽阔，他心中还有很多地方都想去。但因为那不勒斯五月份的两场球赛，在时隔一年后，他毅然重返。

我从小没有特别迷恋过什么东西，也没有狂热追过星，所以并不太能感同身受那种为了看个球赛现场而转两趟机飞行二十个小时的心情，我只能将苏莲托的行为归之为，嗯，情怀呀！

“我从八岁时看球赛开始，就痴迷那不勒斯队，到如今，整整二十五年，一直没变心过。”他说这句话的时候，语气里满是铁粉的骄傲与深情。

哎，三十三岁男人的偶像情怀啊！

傍晚的时候，我们一行四人，从旅馆出发了，目的地那不勒斯圣保罗体育场。

我对足球毫无兴趣，也从未看过一场比赛，但在旅馆里待着也是无所事事，便跟去凑热闹。

在地铁站候车时，我盯着站牌看的短暂时间，一转头，就看见苏莲托与一

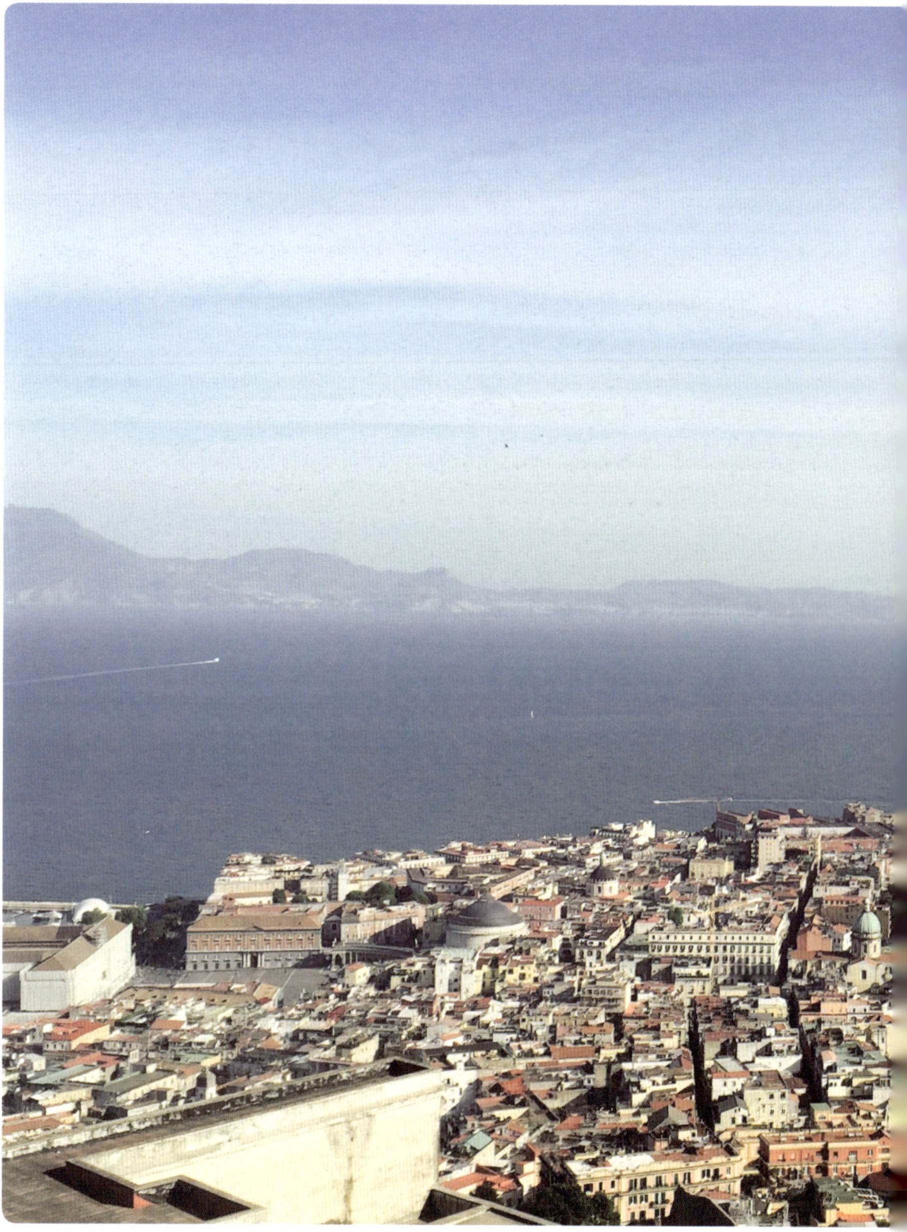

位阿姨聊上了，他们讲着意大利语，唧唧呱啦我一句也听不懂，但见他神采飞扬的样子，我也能猜到他们在说什么。果然，等了会儿，苏莲托就走过来跟我们讲，那位阿姨也是那不勒斯队的资深球迷，见他穿着那不勒斯队球服，便主动跟他聊起来。

说起这个，后来我们在南意那几天，晃荡在街头巷尾、海边小镇，甚至是游轮上时，他前前后后与无数球迷搭讪过，说不尽的话题，热热烈烈地合影留念。还因这个机缘，我们数次得到了陌生人的帮助。

这是后话，说回那晚的球赛。

站在体育场外，苏莲托忽然停下来，叫住我们，从大背包里掏出三件T恤，让我们穿上。我看着印着那不勒斯队LOGO的球服，乐了起来。穿上衣服还不算，他又开始给我们派发头巾、护腕、披肩，最后，在我们震惊的目光下，他拿出一面超大的写着“那不勒斯中国球迷协会”的蓝色旗帜来，让我们扯着，在体育场前来了个大合影。

我的天，这满满的仪式感!

入场后，他简直换了个人一样。平日里他是比较安静内敛的性格，说话轻言细语，做事谨慎冷静。可那个晚上，我看见了另一个他，近两个小时的球赛现场，他始终站在最前方，大声呐喊，使劲地挥舞着手中的蓝色旗子，扭动着屁股与一群人疯狂地用意大利语唱着加油歌，踢踏着鼓励欢欣的舞步。

那场球赛精彩不精彩我也看不太出，反倒是被万千球迷的疯狂热烈的呼唤声震撼到。第一次感觉到，足球的力量在这个国家是如此的强大，上到七十老

QUE ANDRÒ CON TE NEL CUOR MAI MOLLERÒ CIRO AL NOSTR

翁，下到六岁的小孩儿，都为之呐喊与燃烧。

那快乐是如此生动、鲜明、夺目、热烈。

那场球赛是那不勒斯vs米兰，东道主胜。苏莲托心情棒极了，回旅馆的一路上他眉目间的快乐与骄傲藏都藏不住，多像个八岁的小孩儿呀！我们笑话他，今晚要开心得失眠了吧！果然，第二天一早他的女友说，他一晚上根本就没睡。

过了几天，我们从伊斯基亚岛折回罗马，前往佛罗伦萨，苏莲托在火车站与我们告别，独自踏上重返那不勒斯的火车。

嗯，当晚，又有一场那不勒斯队的球赛在等他。

我与他女友再次感叹，他真是，爱得如痴如醉啊！心里不由得对他心生敬佩起来，在这善变又容易厌倦的人世间，这一份长久坚持的热爱是多么难得。

他女友说，嘿，这算什么，你知道他为什么学难学的意大利语吗？就是为了有朝一日在球赛现场用它为心爱的球队高歌一曲加油歌呀。女友又说，他这个人，平日里没什么爱好，这是唯一的最大的追求，大概到老都会如此热烈了。

这又有什么不好呢，人生难得找到一件让自己如此快乐、如此热烈、如此追逐的赏心乐事。

就好比我心之向往那不勒斯，是因为它有着“世界三大夜景之一”的美称。跋山涉水来看一场球赛与看一场夜景，其实也并无多大区别。

都只是因为心中的那点不老不死的小情怀。

岁月如风

岁月如风，助回忆燃尽。好在我很喜欢如今的自己，当然也喜欢曾经的你。

The years...

从青海湖下来，我特意从西宁坐火车到兰州去转飞机，只为与Courage小姐见一面。

我们约在酒店大堂，她穿着黑色裙子，瘦了一点。拥抱过后，我瞅着她说，哎，年轻了！

想一想，我们竟有四年没见了。

2011年夏天，我第一次去西北，也是第一次见她，时间匆匆，只来得及一起吃顿饭，在黄河边的夜色里对饮了一罐啤酒，黄河牌。

但老友是，无论多久不见，无论平日里忙碌着不怎么聊近况，可见面时，依旧没有生疏感。

这几年，彼此的变化都挺大的，她的家从市区搬到了海拔两千多米的兰山上，租了山民的一个小院子，自己动手修缮了好几个月，早前见她发过院子改造过程的图片，就一直嚷嚷着，有时间我要去住一住。

我们在山脚坐小面的上山，公路修得挺好，但弯弯绕绕的，蜿蜒而上。她问我，这一次的青海湖之行感觉如何？

依旧美。但是，我顿了顿，说，站在公路上拍照的时候，差点儿被打。

她一点也不惊讶地点头，感慨地说，是啊，当地牧民圈地，辽阔的景区被圈成一块块的，游客想近距离去到湖边，好啊，给钱。

其实圈地收费我能理解，但连站在公路上拍照都不允许，他们会凶巴巴地跑过来抢你的手机，手中还拿着长杆，作势要打你。

在四年前，并没有这样。

四年前，青海湖的夏天，车与人都没有现在这么多，如今公路上交通拥

堵，塞几个小时是正常的，交通事故频发。

我对Courage小姐说，它的风光依旧令我心醉，但我想，以后我不会再去了。

她叹息一声，总是这样的，美好的东西，被越多人知道后，就会渐渐变味。

这是多么无可奈何的自然规律。

小面的停下，推开车门，外面依旧阳光热烈，却没有一丝城区的热，无风，却清凉，这是兰州最高的地方，脚下是密密麻麻的高楼大厦。

西北的山跟南方的区别很大，南方盛夏的山峦，是绿油油的，茂密而充满生机。西北的山峦，绿中也带着黄，像沾了灰尘，也不够茂密。Courage小姐说，兰山上的绿已经很难得了，这是兰州人消夏的好去处。

她的钥匙还没有转开院门，里面便响起争先恐后的狗叫声，门开，几只庞然大物朝我扑过来，虽然Courage小姐已经对我说过，狗狗们不会咬人，我还是被这阵势给吓到了。

她养了五只狗狗，两只萨摩，两只德国牧羊犬，一只臧犬，都是体格庞大的，齐刷刷地扑到你身上来，那气势确实令人无法招架。

两只小萨我四年前见过一次，我同它们打招呼，它们把头伸过我坐的椅子，趴到我腿上，吐着舌头瞪着眼睛看我。卖萌的小眼神，令人的心都化了。

这两只小萨今年八岁了，藏犬五岁，东德三岁，这是Courage小姐这几年的生活的最重心。朋友圈人人都知，她爱狗狗若生命。

我从城里搬到山顶，最重要的原因，是因为它们。Courage小姐说。

我们坐在她的院子里，我头往后躺倒，闭眼，享受着盛夏里清冽的山风，说，真舒服啊！

她的院子里没有拉网线，没有电视，她每天清晨六点起来，带着狗狗们去山头散步，然后下山工作，晚上回来，陪狗狗们玩会儿，丢开手机，没有网络，泡一杯茶，静静阅读。

这是我喜欢的生活状态，心里安静不少。她说。

会孤独吗？

她是独居，感情状态空白。

她摇头，不会。

其实我知道，她不会，我也知道，她心里有一个人，好多年了。

在青海湖的夜晚，我发了两张自己的照片在微博，分别是2011年与2015年夏天的青海湖。我说，岁月如风。当年一起同游的女友转发了那条微博，她写：岁月如风，助回忆燃尽。好在我很喜欢如今的自己，当然也喜欢曾经的你。

那是她心里一段珍贵的已失去的感情。

我看到那些话，无比的感伤。

岁月如风，有些感情成为回忆，我们将之放在心底，继续上路。而有些，哪怕逝去了，依然鲜活在心底。

很多人都是前者，只有我的Courage小姐，她还在与往事干杯。

有一种感觉，
叫作乡愁。

比海更美

The sea...

离开帕劳的时候，我们拎着一大袋烙饼上飞机。没有吃早餐，刚落座，我就迫不及待扒出一块巨大的烙饼啃起来，烙饼是头天晚上的，早就冷了，还有点硬，我却觉得很美味。

因为它是一个东北阿姨亲自烙的，她说，你们清晨的飞机，肯定没有早餐吃，把饼带在路上吃，别饿着。告别时，她与我们拥抱，语气里很多不舍。她让我想起每次从家里出门，妈妈也是这样，打包亲手做的食物给我，千叮万嘱。

我跟同行的好友说，帕劳的海底世界是美妙绝伦，但九州居酒屋的孔叔与阿姨才是帕劳最美的风景。

第一次知道帕劳这个名字，是去年夏天，我跟闺蜜去泰国度假，在普吉岛第一次浮潜，令我深深爱上了海底世界。吃饭的时候，闺蜜把手机递给我看，她说，喏，潜水天堂。屏幕上是一个游记帖子，标题写着：帕劳归来不看海。

我看完游记对闺蜜说，明年夏天如果时间能约一块儿，我们一起去帕劳潜水吧！

从泰国回来后，休息了很久的她重返职场，做的是挑战与压力都巨大的新领域。这一年多来，她满世界地飞，夏天时我在意大利她去了美国出公差，休假的时间根本碰不到一块。十一月份，我跟她讲，我要先去帕劳了，就当是帮你探探路吧。同行的虽然不是她，但也是关系亲密的好友，有些地方适合独自旅行，有些地方则适合好友结伴。

帕劳是一个小岛国，位于南太平洋，全国人口一万八千多，由众多岛屿组成，与中国没有建交，所以内陆城市没有直飞，只能从香港或者澳门转机，但前往无须签证。这一点给了国人极大的出行便利，所以在岛上遇到很多讲中文的，也有很多中国餐馆。

孔叔的中餐馆开在小镇最繁华的地段，在旅馆吃了一顿难吃又贵的晚餐后，第二天我们决定去中心地段逛逛，试图找美食弥补下受伤的胃。但小镇多是海鲜餐馆，价格昂贵得令人咋舌，因为当地禁止捕捞海洋生物，海鲜全从国外进口。从超市买了东西出来，抬头就看见马路对面有个路牌写着“九州居酒屋”，我们当是日料，便找了过去。

正是用餐时间，居酒屋里却漆黑一片，也没有客人，见我们走进去，老板热情招呼，老板娘赶紧打开了灯。其实这时候我心里打起了退堂鼓，没人的餐馆？那是不是意味着不好吃呢？但见老板这么好客，又讲着中文，空调都打开了，便不好退出去。

老板姓孔，大连人，1998年来到帕劳，已经在这里开了十几年的中餐馆。我们好奇，中餐馆怎么起了一个像日料店的名字呢？孔叔给我们点完单，就站在桌旁手舞足蹈地讲起这段经历来，他是真的手舞足蹈，语速快而清脆，像个小年轻。他学日语专业的，九十年代得到一个机会带队去日本交流，在日本待了两年，有一次去朋友家吃饭，从朋友的侄子口中第一次听到帕劳这个名字，听说小岛生态特别好，适合生活养老。在日本的工作结束后，他没有回国，直

接来了帕劳。那会儿帕劳没有如今这么热门，游客也少，几乎没有中国游客，美国人与日本人最多，有很多日本人开的酒店与餐馆。他会日语，自然也做起了日本人的生意，但提供的却是中式家常菜与中式火锅。

孔叔看了看空荡荡的餐厅说，现在是日本旅行团的淡季，到了12月、1月，生意就好很多。中国旅行团不来我的店，因为我菜单上的定价低，中国导游拿不到高额回扣，是不愿带人来的。说着他忍不住提高声音，他们跟我建议了很多次啊，让我提高菜价，我不愿干！在异国他乡我特别欢喜见到同胞，怎么还能高价坑他们呢，我是做不出的！所有来我这吃饭的只有像你们这样的中国散客。

孔叔招待客人，阿姨负责做大厨。阿姨有好手艺，做的菜色香味俱全，有家的味道。她忙完厨房的活儿，也跑来跟我们聊天，听说我从湖南来，她觉得特别亲切，她小时候就是在株洲长大的。她跟我们说起她的少女时代，眼睛里都是闪闪发亮的光。孔叔忽然在旁边说，你们阿姨年轻时候很漂亮的！我们仨集体起哄笑他，噢，原来叔您是看上了阿姨的美色啊！

他们聊起天滔滔不绝，说不完的话题，尤其是孔叔。

阿姨打趣说，他啊，就是个话痨，你们别嫌弃他。淡季的时候来店里的中国客人很少，所以没人陪他聊。

异国他乡，待得再久，哪怕适应了当地的天气、语言与风俗，可到底是异乡。有一种感觉，叫作乡愁。

我懂的。

所以，哪怕孔叔的话题我并不那么感兴趣，也会耐心地陪他聊个尽兴。

我问过阿姨，以他们的条件，在国内应该有很好的晚年生活，年纪这么大了，为什么还要跑这么远来辛勤操劳呢？

阿姨说，两人这辈子都工作惯了，根本闲不下来，退休后干吗呢？如一般老人那样帮儿女带小孩吗？那样的生活并不是他们所喜欢的。人老了，并不意味着心就老去，不管年纪多大，都有追随自己所向往的生活方式的权利。

他们在岛上的生活很简单，除了打理小餐馆，阿姨最大的爱好就是游泳。每天清晨与餐馆打烊后，都会去游泳池或者海里游一个小时。偶尔，孔叔会开着他破旧的小车，带着阿姨环岛，吹吹风，看看熟悉却依旧喜爱的热带风景。

这样的晚年生活，充实且随性，真好。

从小镇回我们住的旅馆只能乘出租车，但短短距离价格却十分昂贵，孔叔主动要送我们回去，并且十分坚持。他说，你们要出来吃饭，没有车随时给我打电话，我来接你们，哪怕不来我家吃，也接。

这样的盛情，让我们心生感激。加之阿姨手艺确实棒，我们在帕劳的几天里，白天出海了，但每顿晚餐都去孔叔的居酒屋报到。大大的餐厅里，总是空荡荡的，生意不好，但孔叔与阿姨的脸上却毫无愁容，忙完就跑来跟我们唠嗑。几顿饭下来，吃出了忘年交的意味来。每次告别，阿姨总是从厨房提一袋自己亲手现做的小吃送我们，花卷、炸麻花、烙饼……她了解年轻人总是爱熬夜，嘱咐我们半夜饿了就当零食吃。

我得了别人的照顾，总想着用同样的盛情去回赠。所以出海时，我再三跟同船的队友推荐了孔叔的居酒屋。后来他们真的去吃了，一大桌热热闹闹十来个人，用合理的价格吃得心满意足。那晚我们也在，临走前一个大哥特意跑来跟我说，谢谢你推荐了这么好的餐馆。他们明天就离开帕劳了，之前去的中餐馆都特别贵。最后他跟孔叔说，谢谢你，让我看到了中国餐馆在海外的希望。这句话也许有点儿夸张，以偏概全了，但确实也有几分真实心情在。

帕劳的海底世界确实摇曳多姿、美丽迷人，它号称全球十大潜水胜地，但当初那句“帕劳归来不看海”我是不敢轻言的，毕竟我去过的海岛有限，但对我来说，帕劳是我去过的海岛里最特别的，因为我曾遇见过别的波澜壮阔的海岸线与海底世界，却没有在海岛上遇见过像孔叔与阿姨那样善良可爱的人。

他们比帕劳的海还美。

等待

那个女孩今年三十三岁，仍旧单身。她等了他十年。

Wait...

中国

Z君是我朋友里反差最大的一个，他很高，极瘦，小眼睛，又喜欢眯起来，头发有点天然卷，乱蓬蓬的，成天像是没睡醒一样。他第一次PO自己的照片到群里，有个心直口快的家伙来了句，喔，刚放出来的？一群人笑喷，纷纷附和。那形象，真有点犯罪分子的缩影。可是你知道他的职业是什么吗？人民警察！

有一年夏天我去西北旅行，路过兰州，他盛情在群里喊话，要请我吃大餐，以尽地主之谊，彰显西北人民的热情。其实他生活的小城离兰州还有几小时的车程，人民警察平日里挺忙，他千里迢迢地赶来只为请我吃顿饭，这真让人动容。当然，那点点感动，在他将我领到一家拉面店后消失殆尽，嗯，真是……很盛情的大餐呐！他还特自豪地说，小微微啊，我请你吃的可是兰州城里最好吃的拉面！

为了抚慰我吃了十多天面食的胃，晚上Z君带我去吃宵夜，兰州城的夜市我很喜欢，热火朝天的爽辣劲儿，香喷喷的烤羊肉串配着黄河啤酒，吹着西北凉爽的风，可以坐到天亮。我与Z君虽是第一次见面，但相识多年，几杯啤酒下肚后，彼此说话都随意了几分。我向来对刑侦犯罪类的小说与剧很感兴趣，眼前坐着个与之最为接近的人，我想听故事的那颗心又开始蠢蠢欲动了。

Z君脸颊通红，眯着小眼睛瞅了瞅我，忽然一拍桌子，小样儿，以为我喝醉了是吧？跟谁套情报呢！

我忍住笑，继续给他倒酒，说，小Z啊，这帽子扣严重了啊！我只是好奇，你这个人民警察每天都在做些什么嘛！我压低声音，凶杀案破过吗？见没见过死人？还是，每天就处理夫妻打架、邻居纷争、两女争一男之类……

Z君直接跟我瞪眼了！我哈哈大笑起来，我当然知道他负责哪一类工作。我也没真想打听什么，喝酒吃肉闲话聊一聊。Z君说，我知道你们写小说的，最爱听故事。但现实生活远比小说来得更残忍、离奇、凶猛，没什么好听的。

我沉默了一下。

轻松的气氛，好像忽然变得沉重了。

Z君又开了两瓶酒，一瓶递给我，杯子也舍弃了，直接碰瓶。他一口喝掉小半瓶，忽然说，倒是有个故事，可以跟你讲一讲。

那是七年前的事了，Z君刚进警局不久，那天他值夜班，凌晨一点多，接到一个女孩子报失踪案的电话，失踪对象是她的男朋友，三天前失联。

这个世界上每天都有人在失踪，有的找到了活人，有的成为一具尸骨，而有的下落永远成谜。随着Z君工作时间越久，失踪案已屡见不鲜。之所以直到今日仍记得那件事，是因为从报案后的七年间，当初他做过笔录的那个女孩，每隔半个月就会来警局一趟。见到他的第一句话总是“有什么消息吗”。有时候Z君不在，她就找他的同事。七年前，女孩二十三岁，刚刚大学毕业，她与男友从高中开始谈恋爱，男孩失踪前，他们正在筹备婚礼。七年后，三十岁的她，仍旧单身。

长久等待一个人是怎样的感受？

长久等待一个不知身在何处的人又是怎样一种感受？

我没有感同身受过，无法知道那种滋味。

男孩在失联前给女孩打过一通电话，那时他结束了外地的出差，即将返程。他挂电话前对女孩说，你等我回家啊！

因为他这句话，她一直等他回来。

Z君说得对，生活远比小说更残忍。他也说得对，没什么好听的。这个故事，我听了觉得真难过。

几天前，Z君忽然在微信上跟我讲，找到了。我莫名其妙，他又发来一句，那年在兰州跟你讲过的故事里的男孩。

我一愣。我很想问但久久不敢问，最后是他主动给我发来两个字：尸骨。

我心口一窒。

距离我听到这个故事，又过去了三年。

那个女孩今年三十三岁，仍旧单身。

她等了他十年。

///

我想在这里度过一生

Lifetime...

///

我想起她跟我说，她与先生搬入乡间庭院的第一晚，她就觉得，自己会在这里度过余生。

在离开日本的前一天，我去拜访敏子小姐。

半个月前，我们在大阪机场分别时，她留了地址给我，得知我第一次来日本，又贴心地画了从京都怎么去她家的详细线路图，坐哪一趟列车，再转哪趟公交。她的汉字写得非常娟秀温婉，像她这个人一样。她将地址与线路图塞到我手中时握着我的手再次说了谢谢，并请我如果时间允许一定要去她家做客，她想给我泡杯她亲自种植的香草茶。

她这样盛情，好像我们已是相交多年的老友，而其实，我们才刚刚认识四个小时。

四小时前，上海浦东机场，我在洗手间外捡到个摔倒哭泣的小女孩儿，小姑娘大概三岁左右，询问她父母在哪儿，她只哭不说话，好不容易哄得她不哭了，吐出的单词我一个都听不懂，她讲的是日语。无奈，我将她带去了机场广播站，播音寻找她的家长。

敏子小姐就是小女孩的母亲。

她紧紧抱着女儿，眼泪唰唰落下来。她握着我的手，再三道谢。

上飞机后，又遇见了她们母女俩。很巧，我们竟是同一班飞机飞往大阪，她就坐在我的右手边。这样的缘分，令彼此都觉得惊喜。于是，接下来的三小时航程中，我们隔着一条走道聊开了。

敏子小姐的中文说得很好，她曾是电视台的记者，十年前被派驻上海待过两年，中文也是那时候学的。她对中国文化的了解，简直令我这个中国人汗颜。她特别喜欢中国的西部地区，当年还做过丝绸之路的专题报道。我有西部情结，我聊起当年的南疆之旅、甘南的草原、川西黄河第一湾的瑰丽日落，惊喜我们曾去过同样的地方。

平日觉得机舱里的时间总是难熬，空气沉闷压抑。而这一次，却觉得三小时真是太短了。

日本的交通线非常便捷，更何况有敏子小姐画的线路图，但去到她家，还是颇费了点周折。她住在乡下，距离京都市区很远，先得坐小火车到岚山，再转了一趟公交车，最后我站在乡间公路边，等她开车过来接我。

日本的乡村风光，我曾在电影里见过，宁静唯美。哪怕此刻是一年中最萧瑟的冬日，但阳光很好，天蓝得令人心醉，映着田野里的枯树野草，别有一番风味。

好风光里等待也变成一件赏心悦事。

十五分钟后，敏子小姐的车停在我身边。我微微有点诧异，她竟然开一辆小小的陈旧的货车，身上穿着一件围裙，里面是米色毛衣，袖子挽得高高的，围裙上沾了些泥土，头发胡乱扎成一只马尾，像是从田野的忙碌中匆匆赶来。

她抱歉地说，真是不好意思，你给我打电话时我正好在给植物们松土施肥，又怕你等久，就没去换衣服。

我反而非常喜欢这个样子的她，我甚至偷偷地想，她一定没把我当作陌生的客人，才如此随性地见我。

踏进敏子小姐家的庭院第一眼，我就非常非常喜欢那个地方。那简直是我梦想中的居所啊！

传统的日式农居，木质结构的屋舍，大大的庭院里，遍布着植物花草。敏子小姐说，现在是冬天，很多花没有开，植物也没有那么茂盛。如果你在春夏来，郁金香、水仙、三色堇、玫瑰、蔷薇都开得很浓烈，姹紫嫣红一片。五月的时候，香草疯长，六月时，向日葵怒放，那时候，真像一座小花园。

我能想象春夏时的花园盛景，但眼前所见，我已经觉得很美了。

我们坐在屋檐下的榻榻米上喝下午茶。

敏子小姐给我冲泡自己种植的香草茶，她说，如果是夏天，可以直接摘了新鲜的香草叶片泡茶，很清冽。但晒干的香草叶泡茶，口感更细腻醇厚。她跟我说起怎么晾制干的香草茶，那是细腻琐碎的工序，得在连续几日的晴朗天气后，等待上午的露水蒸发完毕，用镰刀把香草根切断，几根扎成一捆，根部朝下悬挂在阴凉通风的房间里，等十天半个月，香草风干彻底后摘下叶片，用密闭的玻璃容器装起来，放在阴凉避光处存放。

其实并不是多么复杂的工序，但有多少人拥有她这样细致的心思与耐性来做这些呢？都市生活如此匆忙又便捷，花草树木衣物食品，都可以花钱买来，又有几人能有这样的闲情逸致自给自足呢？

搭配香草茶的是薄荷芝士蛋糕与薰衣草冰激凌，这些，都是敏子小姐亲手制作的。让甜点增色提味的花草，皆产自她的庭院。

这栋乡间庭院，至今已经快一百年了，是敏子小姐的祖父留下来的，她曾在这里度过漫长的童年与少年时代，那时候，祖母也像她如今一样，种了满庭院的花草树木，夏天的时候，蜜蜂、蝴蝶、瓢虫、蜻蜓等昆虫，翩然而至，在院子里嬉戏起舞，傍晚时分的蝉鸣声，是她少年记忆中最曼妙的夏日曲。十四岁那年，她随父母去到东京生活上学，只有每年的假期才能回到这里，度过短暂的美好时光。后来，祖父母先后去世，这座庭院渐渐荒废下来，那些花草，也渐渐枯萎。

敏子小姐在三十五岁的时候，结识了画家先生，婚后第二年，她怀有身孕，因为是高龄产妇，身体不太好。她辞掉了电视台的工作，安心待产，那时候她的职位已经很高了，前途无限，但她果决地做出了决定。她说，满世界跑遍了，有点疲倦，想要停下来歇一歇。也是在那一年，她与先生决定把家搬到乡间这栋祖宅，他们花了四个月修缮庭院，其他的事情都由敏子小姐的先生打理，唯有满庭院的花草种植，由怀孕的她亲自负责。

她笑说，我是按照记忆里祖母的花园来打造的，可我觉得，自己没有祖母那么能干，她的花园，比我的可漂亮多了。

她说这话的时候，神色无比温柔。

我遥想着，她的祖母，一定也是个特别能干、特别温柔、特别懂得生活的女人。而那段岁月里，一定有着敏子小姐最最柔软、最最美好的记忆。

我离开时，收到了敏子小姐准备的礼物，香草茶、薰衣草香包、薰衣草手工皂、薄荷精油。全部是她亲手制作的，用素雅精致的礼品纸包装着，我抱在怀里，鼻端闻到淡淡的清香。

她开着那辆陈旧的小货车送我离开，车子穿越乡间小路，她指着辽阔的田野对我讲，如果是春夏来，这里的风景很美的，漫山遍野的绿。

我回到旅馆，将她的礼物放进行李箱时发现，她给我写了一张卡片，娟秀的字体写着：vivi，春天的时候，再来赏花喝茶吧！

我想起她跟我说，她与先生搬入乡间庭院的第一晚，她就觉得，自己会在这里度过余生。

请忠于内心的胡来

不管你选择怎样的生活，只要是自己心甘情愿的，哪怕那个过程中有艰辛与苦涩，你依旧不会觉得太难过。

Process...

高一下学期，我认识了一个学画画的学长，同他吃了一顿饭，去他的画室里参观了一圈，第二天我给我爸爸打电话，我说我想学画画，你可以给我培训班的费用吗？那时候那笔费用对我们家来说，不低甚至是小奢侈，更重要的是，在我爸爸心里，一切艺术诸如画画啊唱歌啊跳舞啊都是没什么用的东西，在学业上他希望子女走的路是这样的：小学到高中一路好成绩，考个好大学，找个好工作，好工作的范畴是什么呢？比如老师啊医生啊律师啊这些。我妹妹在初中毕业后想要去念艺校学跳舞，这个梦想最后被我爸爸严厉无情地扼杀在摇篮里，她气得跟我爸冷战了很久。我不像我妹妹那么没毅力，也比她脸皮厚得多，我爸是典型吃软不吃硬个性，我就一而再再而三地磨，撒泼耍赖掉眼泪，不达目的誓不罢休。我妈老说，在对付我爸这点上，我妹妹简直弱爆了。我爸最后终于同意我去学画画。

一切艺术都需要点天分，我那个学长曾信誓旦旦地对我说，你真的很有画画天赋！后来我一直怀疑他是不是因为对我有那么点意思才故意昧着良心夸赞我。事实是，起步太晚，哪怕当时真的热爱，我还是学得异常艰辛，自我怀疑的负面情绪时常跑出来闹一闹。而且我学画画之后，对大学专业所有的向往都变成了与美术相关，我跟闺蜜说，除了美术专业，我什么都不念，也没兴趣。所以我的高考之路只有一条，那就是做美术生。

高考失利后，我死活不肯复读，高三那一年难熬的时光，我不想再重头

TSC 2015
MOON
FAR

经历一次，我毅然选择了一所录取我的大专，念电脑艺术设计系。落差有，但我庆幸至少我选的是自己喜欢的专业。哪怕我现在从事的是一份与所学知识完全无关的职业，我依旧觉得大学的三年时光没有白费，因为那是忠于自我内心所选择的路，我过得很快乐。

我的高中、大学已离我好久远，之所以忽然想起这些事，是因为前些天收到一封信，写信的姑娘有个大多数高考生面临的矛盾——父母所希望的与自己所喜欢的相悖。她很喜欢传媒，大学想要学传媒编导专业，但是她父母觉得这样的专业以后很不好找工作，她自己也隐约担心，害怕毕业后无法有好的发展。可是又真的很喜欢很喜欢。纠结得不得了，问我传媒这个专业到底好不好？

我给她回了一张大明信片，写了长长的一段话，我说，我没办法告诉你传媒专业到底好不好，以过来人的经验，我只想告诉你，没有比选择自己所喜爱的更为重要。因为只有热爱，才会滋生热情，才会想要为之去努力，这个兴趣会变成你的擅长。我曾在微博上看到有人说过这样一句话：“做你喜欢且擅长的事，在任何行业都能过得爽。”我深以为然。

说到这个，我一直有点不能理解，为什么很多人都喜欢在今天去担忧将来还没发生的事呢？珍惜此时此刻一直是我奉行的生活小准则。我的闺蜜J小姐就说，你这样可不行呀，很没安

全感！好吧，我承认，有一点，但比起忧虑与纠结，我宁愿选择一点点的无安全感。J小姐只比我大一岁，却已经把结婚生子这些人生大事儿一一完成，我上个月回老家，我们一起聚会，她带着一岁的儿子，一个大包里塞着小衣服奶粉奶瓶尿片，小家伙闹腾得不得了，连口饭都吃不成，我在旁边看着都觉得累得慌，可她却说，现在的生活挺好的。她的笑容里是真真切切的心满意足。我开玩笑说，你们都在过母亲节了，只有我还在想着过六一，你们可不能嫌弃我不跟我玩儿。

我曾经不理解她为什么在大学毕业后就急匆匆结婚生子过着琐碎的生活，她也不理解我为什么一门心思老想着满世界跑。但看到她的笑容后我忽然明白了，其实不管你选择怎样的生活，只要是自己心甘情愿的，哪怕那个过程中有艰辛与苦涩，你依旧不会觉得太难过。

我很喜欢看关于旅行的书，最近在读的一本书——讲一个22岁研究生的女孩子休学一年旅行，她出发前受到了很多阻力，最难迈的那道阻力来自父母，他们觉得这很疯狂，太胡来。但最终她还是说服了父母，如愿出发。那时她也没有想过，她这一年的经历，后来会成书出版，会让她在失去一些好机会后又获得一些新的机遇。她只是在彼时此刻，忠于自己的内心。

“忠于内心的胡来”，这句话，是一个朋友送给我的，她常年飘荡在外面，走了很多很多地方，过着清苦的生活。我问过她，难熬的时候是否后悔过放弃曾经稳定优渥的生活？

她说，从未，因为这是我想要的。

≈ part two 文子 ≈

也许每座灯火辉煌的城市都只是我们的一次路过，却也是我们前往未来的必经之路。你想去的远方，想成为的自己，请相信，时间会给我们最好的答案。

“成为自己的巨人”

照片里的她，明明在冰川里那么渺小，却又好像一个巨人。

春节回老家，参加了一次高中同学聚会，大家约在县城的KTV，劣质的音响，加上怀旧的情歌对唱，才不过三十岁的我们，活生生地玩儿成了一个父辈的中老年局。大部分同学是十几年没见了，借酒表达当年误会的有，高中时代恋爱一直走到现在的有，出息了当包工头创收大几千万的有，高中辍学嫁到隔壁村生了好几胎的也有。

曾经的胖姑娘变成了全场的焦点美女，曾经的班草变成了两个体积的我。时间真是最神奇的魔法师，那时我们稚嫩的脸庞早已被如今的油腻和成熟取代，曾经一起为了成绩和优秀三好学生努力的我们，如今谈论的都是薪水和孩子，车子和房子。我自由惯了，一时间听到太多场面话，显得倒有些局促。

我出门透气的时候，何芳追了出来，她是我高一时的同桌，多年未见，她耸耸肩说，嗨，你还记得我吗？

何芳在高中时代，是非常普通的女孩，普通到要等到期末时，老师才能记住她的名字。她成绩一般，长相一般，不搞小团体，我们两个坐在倒数第三排，看不到未来。我们数学成绩都很差，我在数学课上写稿子给各种杂志社投稿，她在数学课上画各种漫画投给不同的杂志社。我们那么不务正业，却也断断续续地收到一些稿费。

尽管我们都十分小心，但还是被同学走漏了风声，班主任把我们叫到办公室罚站，办公室里别的任课老师进进出出，有的对我们视而不见，有的直接挖苦我们。班主任最后发话了：这样，你们把自己的作品拿给我看，我再决定要不要通知你们父母。

可能是因为班主任是语文老师的关系，我并没有被骂，他看完我给杂志社的稿子后，还鼓励了我一番，让我坚持下去，但何芳的漫画，让他大发雷霆，因为她有一个本子，里面画满了每一个老师。数学老师的大腹便便，英文老师的紧身裙子下的浑身赘肉，还有班主任，极具特色的秃头……

后来，何芳和我不再是同桌，她被安排在最后一排，夹杂在体育生堆里，格格不入。她好像更内向了，也不见她画画了，紧接着，文理分班，我选择了文科，她被父母接走，去了隔壁县城读高中，然后我们少有联系。

如今我眼前的她，没了高中时代的腼腆，她剪了利落的短发，摘掉了眼镜，变成了一个十足的氧气美女，我没有回她的问题，我说你呢？你转学之后，还在画画吗？

她笑了笑，跟我讲了后来的故事。

面对着全新的环境，何芳更加内向了。她没有朋友，只有画笔为伴，直到有一次，来实习的数学老师看到了她的画，当着全班同学的面，表扬了她，她说可能是老师无心的一句表扬，成为了她那两年的动力。她开始更努力，甚至在杂志上有了自己的漫画专栏，她还主动负责了学校的墙报漫画，慢慢地，她找到了更大的自信，她能轻易找到每一个同学的特点，给大家画了各自的自画像，也交到了很多朋友。

高三的时候，她了解到了艺考的渠道，她想考美术生，艺考的点招其实就是概率。实力五分，运气五分。在每个人都以为她能考上国美的时候，她却落榜了。她说，所有考生的画都被摆在地上，老师用竹竿挑，被挑走了的，也就是过关了的，剩下的就是落榜的。

令她失望的是，她三次都没考上。她又一次地怀疑了自己，她说那三年，最怕寒暑假，每年大家聚会，都会聊大学生活，只有她，一直在复读。第四年的时候，她没那么固执了，她除了国美，也报了其他的几个学校。她说总是要有新选择，万一国美还是考不上，就去别的学校读大学，考国美的研究生。

功夫不负有心人，第四年，她报考的四个学校，全部通过了，包括她梦寐以求的国美。后来在国美的生活她就很少提了，她说，再苦再难的日子，其实总会过去，只要我们愿意付出更多的努力，就会成为自己的巨人，追求到自己的梦。那天和太多老同学打过照面，大部分话我都忘记了，但她讲的这两句，字字在心。

临走前，我们加了彼此的微信，我看到她的朋友圈，才知道她现在在国美当老师，她坚持每日一画，她去了很多国家交流和学习，也办过好多次自己的画展。

我惊讶地发现，她也去过冰岛，也在xx 拍过照片，同样的地方和构图，我给浩森拍过一张一模一样的。

照片里的她，明明在冰川里那么渺小，却又好像一个巨人。

ISTRO
FONDUE - RACLETTE
VÍNBAR - CHARCUTERIE

BISTRO - CAFÉ - DESSERTS
12

“奇迹会发生在相信奇迹的人身上”

老天爷没有亏待我，因为我相信奇迹，我每一天都没有忘记努力。

活到三十岁这个尴尬的年纪，我只羡慕两种人，一种是比我年轻的人，因为我再也回不去了，一种是创造奇迹的人，这样的人发着光，值得我毕生去学习。

读大学时，认识一个书呆子朋友，他叫建业。认识他是因为当时社团要做一个关于学校怪人的栏目，有同学力荐了他。建业奇怪的地方在于，其一是他学的是会计专业，修的却是农业学，很多农业专业的学术报告，都是他去配合导师完成。其二是他没什么朋友，穿着朴素，厚厚的镜片，除了啃书，他对这个花花世界不闻不问。其三是他不想谈恋爱浪费时间，要谈恋爱的话他想找农村的女同学，愿意跟他回广西农村种地。据说这句话他是在公开课上说的，所有人都快笑掉了大牙。

从此以后，建业就变得独来独往，消瘦的他，只是穿梭在教室宿舍和图书馆。

我跟社团的人一起去采访他的时候，他正从图书馆出来，抱着两本刚借的书。我说建业，我可以看一下你的书吗？他挠了挠后脑勺说，你可是第一个要看我书的人，他笑起来，露出整齐的牙齿，并没有传闻所说的那样难以沟通。

采访的过程里，我问及他的梦想。他响亮地回答我：我毕业后，要回家种地，创造奇迹。同行的女生扑哧就笑了出来，另外一个女生也跟着笑个不停，她们说每个人考到北京，都想留在大城市，谁会想着回老家，还种地去啊，真是脑子坏了。

建业觉得委屈，气得说不出话来。跑了。

没采访成，反倒让我跟他成为了朋友。后来我发现，建业并不是那么不合群，他有他的世界，他跟他农业学专业的朋友，经常为了讨论一些专业的数值问题而吵得面红耳赤。他每天早上六点都会去操场跑步，为的就是锻炼自己的体魄。他说，每天早晨流这么多汗，都是为了让自己不要忘记曾经干农活的辛苦，他说文子，不久后，我便学有所成，回老家带领村里人致富。

建业这样的想法，让我刮目相看。

有一次，建业约我喝酒，他失恋了。

我见过他那个学农业的女朋友，叫蛋蛋。蛋蛋有着肉嘟嘟的脸蛋，自带高原红，她真心支持建业的想法，也愿意跟他一起回老家。我听过他们对未来的规划，觉得他们应该是天造地设的一对。可是，建业哭着告诉我，他不得不放弃蛋蛋了。因为蛋蛋的父母找过他，求他放过他们的独生女。他们不希望自己辛辛苦苦培养的宝贝女儿，最后却跟着他回农村种地。他们说给女儿托关系安排了工作，回老家的技校当老师，至少这辈子是放下锄头了。蛋蛋的妈妈握紧建业的手，她说我的手长满了老茧，我不希望我的女儿过跟我一样的人生，希

望你能理解做父母的苦心。

然后这个傻瓜就再也没有联系过蛋蛋了，他骗人家姑娘说自己有了新的心上人。姑娘一气之下，回了老家，如她父母所愿。

他毕业的时候，一个人去的火车站，孤冷冷的，连箱子都没有拉。他说，你不要送我，也不用可怜我，我拖着箱子来，带着一肚子知识走，我很富有。

我送他到学校门口，他抱了我一下说，谢谢你，兄弟。但我再也不会来北京了，我讨厌这里。

后来，就少有联系。

但每年逢年过节，我总是能收到他质朴真诚的信息。

2014年我去广西出差，还去了一趟他的老家，他开着他的车，到镇上来接的我。

沿路看到很多甘蔗地，他自豪地告诉我，他们镇之前是省里的贫困镇。在他研究的新技术带动下，整个镇上种起了甘蔗，而且甘蔗每年都有更高的产量，很多在外务工的村民都回家种甘蔗，没有了留守儿童，大家的收入也翻了好几倍。

后来我去了他的办公室，办公桌上，散落着很多图纸和数据，还有很多瓶子里装着不同的土壤。我能想象，在这个简单的办公室背后，他付出了多少努力。

上个月，我接到他的电话，他说他有两件喜事要告诉我，一是他的项目拓展到了县城里的五个乡镇，改变了更多人的命运。二是他接回了蛋蛋，他们要结婚了。然后我就在电话那头听到蛋蛋也朝话筒在喊，是我啊文子，我们真的要结婚了。

我说真好啊，老天爷没有亏待你，你还记得你大学时代的梦想吗？你真的创造了奇迹。他沉默了好一会儿说，没错，老天爷没有亏待我，因为我相信奇迹，我每一天都没有忘记努力。

亲爱的陌生人，这是一个真实的故事，如果你也相信奇迹并愿意付出努力，希望这个故事能为你助力。

想要看遍这世上所有的美丽与孤独

也许冷漠与温暖并存，温柔与坚强彼此矛盾，可我仍想要继续走下去，直到看遍这世上所有的美丽与孤独。

PONTO DO BRILHO

我，是个摄影师。

在背着相机到处旅行的这几年里，我去看冰川和湖泊，抵达港口和城市，像执拗的少年，一发不可收拾。

我妈问我什么时候才会停下来，我给不出答案。

再过一年，我就三十岁了。常常会想起2008年那个第一次接触相机的夏天。我跟死党浩森、色色在青岛的思南区租了套房子过夏天，浩森迷恋他的卡片机，他走到哪里都在拍照，抬头拍天，低头拍鞋，拍青岛的海、礁石、红色的屋顶……

而我呢？那时还是个热爱文学的阴郁少年，经常半夜失眠，独自走在楼下的街道，影子在昏黄街灯的照耀下格外漫长，内心的悲观与迷惘，就像青岛的马路，起起伏伏，却没有尽头。

直到有一次喝高了，浩森弱弱地问我："文子，你太消极了，开心有那么难吗？为什么每一天，你都皱着眉头？"然后他翻出他的相机，给我看五颜六色的世界，那些我无数个失眠或者发呆的时候，他所记录的一切：挂在天空像棉花糖一样的云朵，无比清澈的水，岩石上垂钓的老人，透过树叶落在地上的光斑，以及好像能定格起来的风……

就这样，我也喜欢上了摄影。在镜头里，每一个画面都那么美，却又独一无二。

再后来，我把工作也辞掉了，成为了全职摄影师。

这些年，我一直在路上，用手里的相机记录着沿途的风景，也结识了很多有趣的朋友：不忘初心隐居山林的设计师，恋爱二十次无果却在旅行里邂逅真爱立马闪婚的翻译官，一天只做十杯咖啡一年有一半时间在国外海淘咖啡杯的咖啡师，生活艰难却无比乐观和简单的尼泊尔少女……慢慢地觉得风景再美只是当下的心情，在旅行里，与人相处，修正自己的肤浅跟主观，认识自己，明白自己和这个世界的关系才是真正美妙的旅行。

我在越南，遇到一个喜欢旅行的老阿姨，她得知我是摄影师，一定请我帮她拍照，她说青春没了，想重回青春的劲儿能拍下就够了。她是北京人，五十岁，剃着平头，文满了炫酷的花臂。那一天，我们从酒店出发，记录她旅途日常的一天，她下水抓螃蟹，和当地人一起出海捕鱼，沿着海边的公路骑行。晚上，她拉着我们几个年轻朋友一起喝酒划拳，讲她一路的奇闻趣事儿，从2010年开始，喜欢户外运动的郑阿姨，讲起自己骑行过川藏线，是冬泳协会的骨干分子，和一群小伙子长跑也能拿到前三这些丰功伟绩，骄傲得不行。我问她是什么契机开始了这样的生活？她告诉我她以前是个女企业家，前半辈子的心思

都扑在了生意上，后来自己生了一场大病，病好以后她终于明白，这条捡回来的命不能再浪费了，一生太短，她决心把下半生用来看世界。她说："每一个人的喜好都不同，我不喜欢朋友圈的姐妹晒的下午茶，也不再羡慕别人的企业做得有多大，更不会去比较谁的儿子更有出息，谁的孙子在读更好的学校。儿孙自有儿孙福，攀比其实很没意思，我们这一辈子，没有任何人是绝对的成功或失败，按照自己的方式去生活就是最好的。"我发现，谈到这一切的时候，她的眼睛闪闪发光，有着很多年轻人也不拥有的活力和希望。

早前，我带着一群青春年少的模特去象山的渔山岛拍作品。白衣飘飘的少年和穿着校服的少女，他们站在靠海的礁石上，背景就是一整片蔚蓝的大海。我让他们迎着海风奔跑，朝着远方呐喊和大笑，风吹起他们的衬衫和裙摆，每一秒的快门都是电影的画面。在镜头里，我看着他们，莫名地被打动，这份青春的光芒，也吸引了好多当地渔民围观。那天夜晚风很大，海面上是雾蒙蒙的一片深蓝，只能隐约看到回港的轮船远远的灯光，海水拍打着海浪，发出有节奏的声响。望着夜幕里的海，我在想，可能这一生，最终我会忘记很多事情，但我永远不会忘记挥汗如雨的我们奔跑在盘旋的山坡，那天迎面吹来的风和潮湿的海水，还有我们抱着被子躺在礁石上数星星、吃西瓜分享着彼此的秘密。

其实我已经在青春的尾巴上了，生活被我过得单一又严谨，但因为摄影，接触这些青春的放肆和张扬，都在慢慢影响着我。

去年，我去了冰岛，雪山辽阔壮美，山谷里的风，冷冽迷人，就像一场梦见，自驾前往雷克雅未克的路上，我因为大意把柴油加成了汽油，四个人只能哆嗦着去一个附近的咖啡馆寻求帮助。十分钟后，从皮卡车上跳下来一对父子，帮我们倒出汽油，送我们一箱柴油，那时的我们，在异国他乡的夜幕里，接受着异乡人不求回报的帮助。回程的车上，我一直在反省自己，我检讨自己竟然在这之前还怀揣着对他们的警惕心与怀疑。也许，我们已经不小心弄丢了最原始的感动和纯朴，比如对世界的信任，对陌生善意的珍惜。却还好，旅途让我警醒，也让我想要将这份善意继续传递与延续。

这些，都是我成为摄影师后，在旅程中收获的一切。如果不是遇见摄影，就不会遇见这些可爱的人们，或许，我也就还在这世界，寻找着不知所踪的美好。

也许冷漠与温暖并存，温柔与坚强彼此矛盾，可我仍想要继续走下去，直到看遍这世上所有的美丽与孤独。

“有人替我爱你”

也许，这就是青春的终点，伴随着遗憾，向所有关于他的一切，说一句再见。

鞠曼第一次见到里昂，是在鼓楼东大街的Mao。推开门，里面混合着汗水、酒精和荷尔蒙气息。听到震天响的摇滚乐，身边的闺蜜董飘飘已经high了起来，喊她快进来。

鞠曼和飘飘是传媒学院的学生，很多人不能了解为什么她俩能成为闺蜜。鞠曼总是穿着一袭白裙，走在学校里没有那些涂着鲜艳指甲和红唇的姑娘亮眼，却令人如沐春风。而董飘飘，总是穿着背心，打着无数个耳钉，有漂亮马甲线，被很多男生搭讪。就像来到Mao，也是鞠曼受到飘飘的影响，想在大学毕业前感受一次摇滚的现场魅力。

站在舞台上唱歌的到底是谁，鞠曼并不认识，只记得灯光闪啊闪，所有人都在疯，汗水浸湿了裙子。

散场时，飘飘拉着她一起和乐队的人去马路对面的南疆喝啤酒，这群人里，就有飘飘在豆瓣上认识的里昂，在北京学音乐，今天也是跟着鼓手表哥来感受下北京的live show氛围。

大家举杯，聊天，鞠曼却一直在观察里昂。这个戴着眼镜、皮肤白白的自然卷男孩，和鞠曼一样，被大家哄笑为是好学生。在这群人里，他俩显得有点格格不入，却也因此有着惺惺相惜的感觉。

大家喝到凌晨四点，散场后，里昂说先把男生们送回宿舍，然后送她和喝高了的飘飘回去。喝挂了的男生哄闹着走进清晨的校园，里昂笑了笑说：抱

歉，耽误你这么久，我送你们回去。

天已经蒙蒙亮了，即使熬了一夜，但里昂的眼神还是那么神采奕奕。那个瞬间，鞠曼突然发现自己就这样有些喜欢上了他，喜欢他发着光的眼睛，像露水，像晨光，剔透闪亮。

而很快，飘飘宣布，她和鼓手表哥在一起了。那个夜晚之后，鼓手表哥拉着乐队到飘飘宿舍楼下当着众人面表白，于是，热血青春的北京，不想一个人去约会的飘飘，便会拉上鞠曼和里昂一起。他们在南锣鼓巷滑冰，在三里屯使馆区拍银杏树叶，在五道营喝咖啡……

接触得越多，鞠曼越发现里昂像极了自己心里渴望的那种男孩。他有着乐手的潇洒和热烈，却也藏着另一份温柔，总是笑笑地跟在鞠曼身后，偶尔也会单独约鞠曼去看电影或散步，站在她学校门口耐心地等着，或者带她去不同的酒吧感受北京夜晚的另一种美。

在鞠曼的世界里，以为青春的恋爱就是这样热切而简单，她在等里昂开口，她也在偷偷想象，关于他们的青春与未来。

里昂说，不知道有没有机会在MAO上为鞠曼唱一首歌。他成为了一支新乐队的主唱，有时候鞠曼去看他排练，越来越明白为什么很多男孩都有一个摇滚乐手梦，那份张扬和疯狂，令人热血沸腾。

在登上MAO之前，里昂先登上了学校的毕业演出。那天，他邀请鞠曼和飘飘来看。舞台上灯光绚烂，一曲唱毕，他看向人群中鞠曼所在的方向，给了她一个坚定的笑容。当鞠曼到后台找里昂时，她看着这个让自己愈发心动的男孩，忍不住献上一个拥抱。里昂望着她，给了她一个小心翼翼却温柔的吻。鞠曼知道自己一辈子都不会忘记那一刻，那份心动太过强烈。

可人生中有些改变，总是发生在一瞬之间。

晚会散场，飘飘欲言又止，约鞠曼单独吃饭。借着几杯酒，飘飘说起这些年失败的爱情，以及自己的软弱。

突然，她泪流满面地告诉鞠曼，她说每一次看着里昂看向鞠曼的眼神，以及给她的那些细微的关心，她的心里都很痛。因为一直以来，自己心里喜欢的男孩，都是里昂，因此，她已经和鼓手表哥分手了。

“我知道我是个坏女孩，但是曼曼，你那么好，你比我有更多拥有爱情的机会。就这一次算我求你，能不能把他让给我？”耀眼而有气场的飘飘，这是第一次，在温柔的小白兔鞠曼面前，卸下所有光芒。

鞠曼想起大学四年时间里飘飘义气的保护，也想起她曾说从小父母离异，所以不相信爱情，才让自己混迹摇滚圈，努力伪装出坚强强大的模样。此时此刻为了爱情来求自己的飘飘，脆弱又渺小。

干掉一杯酒，鞠曼闭上眼睛，回答她：好。

从那天开始，鞠曼没再接过里昂的电话，也没再和飘飘见面。里昂发了很

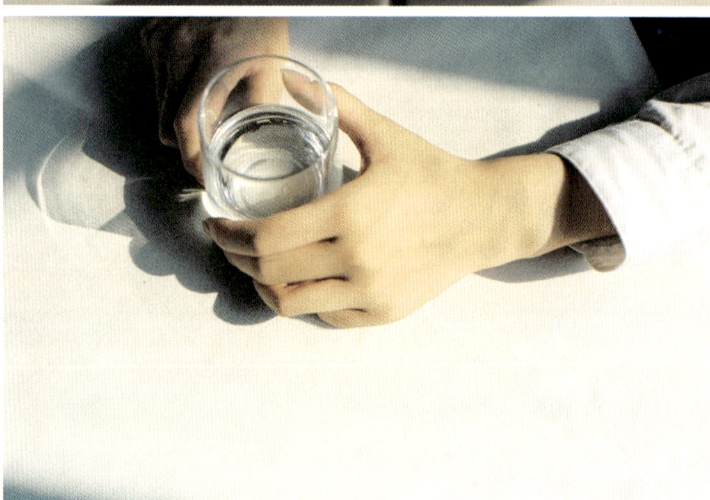

多很多信息给她，从最初的询问，到后来的质问，他并不知道一夜之间发生了什么转变，只知道鞠曼表现出来的冷漠，太无情。

最后一条信息里，他说：鼓手表哥曾经说过，在MAO遇到的女生，如果能令你一见钟情，千万不要爱上，她也许会是伤你最深的人，鞠曼，你够狠，你做到了。

没有人知道那一刻鞠曼的心有多痛。她想，就这样忍着熬着吧，只要能让飘飘争取自己的爱情，这份牺牲就还算值得。而唯一能给自己的保护，就是在自己能完全放下以前，不要再和他们见面了。

于是，鞠曼换了手机号，找了一份安稳的工作，开始朝九晚五在北京这座陌生的城市里打拼全新的生活。常常在结束加班的深夜，她会想起里昂和飘飘，不知道自己的牺牲，能不能换来另外的幸福。

再一次得到里昂的消息，是收到里昂发来的信息。不知道他从哪里得到自己新的手机号，他发来一个航班号，然后说：我就要出国了，就算是作为老朋友，你能来送送我吗？

鞠曼什么都不敢问，也当然不敢去，她怕看到飘飘和他在一起幸福的模样，也怕自己会一瞬间崩溃，让这些牺牲功亏一篑。直到里昂走后的晚上，她在朋友的朋友圈看见机场里众人相送的合照，才发现里昂竟然剃了光头。

也好，他就这样选择了重新开始，奔赴新的生活。

后来的几年，也只偶尔听过一些传闻，据说飘飘和里昂并没有在一起，后

来也断了联系，飘飘去了广州工作和生活。据说里昂找了个外国女朋友，他喜欢的乐队CD，她一直在收藏。据说里昂所在的国家总是大晴天，完全没有北京的雾霾笼罩。

可更多的，不过都是各自安好。这世界说来很大，大到失散于人海，便再也没有相见的机会。可是，说小也小，小到鞠曼在找电视台朋友玩的时候，在一场真人秀的录制现场，再次见到了里昂。

她躲在角落里，看着多年未见的男孩抱着吉他，从幕后走上台，唱了一首摇滚乐。他好像成熟了许多，换了发型，也换了穿衣服的风格，却依然闪耀，依然拥有着那么多的自信。

那一刻，就像第一次他送她回宿舍的早晨，发着光，只是这光，如今变得更加耀眼。一幕幕往事如电影般重播，鞠曼突然很想走上去和他打招呼，不知道开口第一句要说些什么，不知道自己会不会哭。

但当她跟到后台的时候，见到有一个像她一样穿着白色长裙、黑直长发的女孩，被他温柔地抱在怀里。那一刻，鞠曼停住了脚步。

原来有些事，不用说再见，便会再也不见。

又是一个冬天。听说MAO即将关门了，北京的青年们又将失去一份青春的纪念。MAO在微信号里说，希望来过MAO的人，都有机会再回来看看。

鞠曼又一次去了那里，只有自己一个人，挤进喧闹的人群。那一场演出，与多年前一样，令人热血沸腾，点燃了无数的青春，却又好像一切都变了，身边空落落的，只留下时光流逝后的伤悲。

推开门再走出来，迎上北京的寒冷冬夜，鞠曼一个人蹲在地上，号啕大哭。为一份不甘和遗憾，也为这份热血的青春，只留下一个孤独的自己。哭完，她站起身，一个人打车回家。好像长大了，也好像依然是当初那个小白兔一样的自己。

她在心里对自己说：好在里昂吻她的时候，像极了当初吻自己。

有人替她爱他，他也很好，也许，这就是青春的终点，伴随着遗憾，向所有关于他的一切，说一句再见。

于初心，做最想成为的自己

只有全力以赴拼搏，才拥有靠近最想要人生的机会。

这一年，带工作室的小伙伴们到大理度过年假，是我送给大家的新年礼物。

这两年和浩森一直在路上，从只有我们两个人带着相机东奔西走，到留在杭州定居，在有着大大落地窗的江边有了办公室，和一群朝夕相处的伙伴，让摄影梦想这件事，有了更有力的完成。

这一次，大家住在洱海边的客栈。早上的时候，一起望着那片湛蓝色吃早餐，然后绕着洱海骑自行车，拍很多张充满笑容的照片。

Cici是客栈的义工，我们入住以后，她给了很多帮助，帮感冒的小伙伴买药、准备热粥，在整理书架的时候把有趣的摄影集拿给我看。她总是笑容灿烂，和大理的阳光一样，充满照亮别人的力量。

有个下午，大家坐在院子里吃下午茶。她走到我旁边，突然小声地问我：文子，我可以和你聊聊旅行吗？

Cici的手机里，有好些用城市命名的相册。她说，去过二十多个国家。

我很惊奇，然后详聊的时候，她说，在英国学习服装设计的留学五年时间里，她常常会因为看秀、找素材或顿生灵感，而到全世界旅行。

旅行对她来说，是一件充满能量的事。可是，和绝大多数人并不相同的是，她从不走寻常路，倒更青睐那些偏僻的小街小巷，因为她相信，好风景都在被人遗忘的角落里，而她，想将那些都找出来。

于是，在大多数人都会去东京和京都的日本，她却一个人抵达，然后沿着

JR线，一站站下车，去那些最朴素却最能体会日本当地生活感的市场和街道闲逛，观察那些漂亮的门牌，寻找平常里的美味。在巴西时，大部分人都会去里约热内卢找耶稣像合影，而她租了架小飞机，在高空中俯瞰整座城市，然后到贫民窟里感受最震撼的生命体验，体会不一样的人生。在泰国，很多人到清迈漫步，或者到海岛晒太阳吹海风，而她则选择到曼谷周边那些我没听说过名字的小镇，住到当地人的家里，早上和他们一起漂泊在漫无边际的海洋里捕鱼……

这些截然不同的旅途痕迹，也许是源于她对“不一样的自己”的追求，而这份“不一样”，并不是与别人相比，而仅仅是忠于初心。

Cici说：文子你知道吗，很多时候我都觉得，没时间孤独，没时间伤感，因为这个世界的热烈和精彩，太多太多了。我只想珍惜每一寸时光，去努力，去换取更多丰富的回忆，因为，这些才是我独有的，任何人也无法掠夺的。

这段对话，已经不仅仅是关于旅行的态度，而是关于人生，关于梦想。

那天我们晒着大理的太阳，聊了很多很多。

她在杂志里曾经读过关于我的专访，她说，或许我们都一样，想要成为“不一样的人”。

我收到过很多封私信，也听到过很多无疾而终的故事。男孩女孩们都在向我问着同一个问题：怎样才能像你们一样，拥有想要的人生？

其实，这种“不一样”，并不是故意去追求与别人不同，而唯一需要你做到的，就是沿着自己想去的方向前行，并且从不言弃。回想过去这几年，如果当初没有毅然决然放弃电视台的工作，如果没有扛下“自由摄影师”所需要承担的压力和疲惫，那么如今的我，会做什么呢？会过着怎样的生活呢？

我并不能确定到底哪一个比较好，但是，我从未后悔。也曾有过疲惫心酸的时刻，也曾遇到过坎坷和挫折，可是，每一条路都是自己选的，每一个决定都是自己做的，于是每一次相遇，每一份拥有，也都最合心意，满满当当装进回忆。

所以每一个当下，每一个时刻的自己，或好或坏，都很珍贵。

Cici说，在旅途路上，她拍了很多很多照片，关于色彩搭配，关于图案和形状，关于地域特色和文化差异，全部都化作支撑梦想的能量。于是，对她来说，更加重要的是，在走过这二十多个国家之后，她更坚定了自己的梦想，那就是：设计出具有个人特色的衣服，然后让它们与对的人相遇。

那些海浪，那些城市的颜色，那些远方，都化作了设计的元素。她回国后来到云南，因为太喜欢这里天空和海浪的蓝色，留在这间客栈里，做一名义工。

每天上午，她会骑着小电驴去菜市场买菜，为住客们准备丰盛的菜肴，晚上她会在露台上弹吉他唱歌，和陌生人分享着生命里的故事。而下午空闲的时候，她会画很多设计的草图，然后找裁缝店将它们做出来。当遇到合适的人

时，这些衣服，就成为了礼物，因为她坚信喜欢的东西，一定要送给志同道合的人。

在这样追求梦想的道路上，在这样看似自由的生活方式里，有些孤独，也受到了很多质疑。有人担心她没有一份稳定的工作，无法支撑自己的生活，有人觉得履历和工作经验更加重要，也有人觉得，漂泊是任性的选择，总有一天会后悔。

Cici聊到这些的时候，淡然地笑了笑，然后她指着远处波光粼粼的洱海跟我说：这个世界上也许不是人人都拥有梦想的，但既然我有幸拥有，怎么可能舍弃呢！文子你看，这，就是我的办公室呀！

那一刻，我充满钦佩。并不是因为她去过很多地方，拥有很多旅途的回忆，而是在人生每一个需要勇敢、需要坚定的时刻，她都对于要做“不一样的自己”，一往无前，毫不动摇。

这两年，我和浩森去越多的地方，越感觉到自己渺小。那些在遥远地方生活着的陌生人，都拥有各自的故事，拥有与我们截然不同的人生。而这些都让我们更加坚信，只有全力以赴地拼搏，才能拥有靠近最想要人生的机会。天赋和努力，同样重要。

说真的，你们有没有想过，如果只是重复别人到过的地方，去得再远都像从未去过。其实，只有亲自用脚步丈量的每一个角落，亲自用心去感受过每一种生活，这才是人生的独家记忆。

有勇气的人，会得到老天的嘉奖。就像这个充满着传奇色彩的女孩，不只拥有了无比璀璨的旅途回忆，比这更令人觉得珍贵的，更是她对于梦想、对于人生的态度。

人生的遗憾是随波逐流

人生的遗憾是随波逐流，要以自己喜欢的方式过一生。

去年秋天，我和几个老朋友一起在拜县度假。大树秋千、草莓园和黄色房子这些当地的著名景点，我都没有去。我一个人待在酒店，醒了吃，吃了睡，实在惬意。

如果不是那天下雨，我可能这一辈子都不会认识Tmas。

下雨的拜县格外安逸，树叶发着绿光，大家都躲在酒店或咖啡馆避雨，我想出去走走，漫无目的地瞎逛后我走到一条两边都是藤蔓的小巷，在幽僻小巷的拐角，我看到一个昏黄的灯箱，灯箱上画的是一碗热气腾腾的面，面的旁边是一个漫画版的大胖子厨师。

我走到门口，开门迎接我的，正是灯箱上的大胖子，他笑起来特别亲切，就像隔壁的好心叔叔，他接过我的伞，点点头，招呼我坐下。

我打量了下这家餐馆，并不算小的空间里，只摆了五张桌子，当时只有我一个客人，多少显得有些冷清。我坐下来，点了一份面，一瓶啤酒。吃第一口面的时候，我就彻底沦陷了。毫不夸张地说，这是我这辈子吃过的最好吃的面。我打算再来一碗去前台拿菜单的时候，发现有一面墙壁上贴满了当地不同

的报纸杂志的报道和采访，里面的厨师，正是迎接我的大胖子叔叔，只是年轻时候的他，更瘦一些，更精神一些。

我正纳闷的时候，他从后厨走出来，指着墙壁上的照片说："不像我吗？"他笑着又递给我一瓶啤酒，大概喝到第十瓶的时候，他告诉了我他的故事。

他叫Tmas，来自曼谷。

他出生在厨艺世家，他父亲以前是给泰国皇室做菜的厨师，也许是遗传，Tmas对菜品有着惊人的天赋，在他不到十八岁的时候，他已经会做四个国家的菜系。年纪轻轻的Tmas，也总是被很多餐饮公司和集团请去做菜品研发。

"但我最喜欢做的，还是面条。"他认真地说。

我问及原因，他拿出手机翻出照片说，你看，这是我的父亲。我看到很多Tmas父亲的照片，在很多金碧辉煌的酒店里，与好多领导人和官员代表的合影。

每个同学都很羡慕Tmas，他的父亲能为皇室工作，可对于年幼的他，这样的父亲太忙了，太少有时间陪伴在身边了。他记忆里父亲每个月回家的时间很少，但每一次父亲都会把他举起来，抛到空中，再落回父亲有力的大手臂里。

父亲那双手，不管有多晚，多累，只要每一次回家，都会给Tmas煮一碗热气腾腾的面，这碗带着爱的面，陪伴了Tmas到十八岁。

十八岁之后，父亲把他送到了法国蓝带继续深造。

学有所成后，父亲希望他去皇室或者当地最好的酒店当厨师，他都拒绝了。他说，我在蓝带实习的时候，去过全世界最好的酒店实习和参观，我觉得，那么奢侈的条件和环境，大家都只是把厨师当成一份工作，哪里薪资待遇好，就去哪里；哪里发展平台大，就去哪里。他说，这样的厨师，太没有爱了，太没有温度了。

“我想开一家有爱与温暖的店。”他看着门口的灯箱，温柔地说。

后来，他不顾所有人的异样眼光，来到拜县这个被亲戚和朋友嘲笑的乡下地方。

他甚至把店开在这个乡下最偏僻的小巷子里，他没有请服务员，所有的事情都是他一个人忙，早上他会亲自去菜市场选新鲜的配菜，上午他亲自打扫卫生，他说用心做好每一份面，执行每一道工序，就是想纯粹地把小时候自己幸福的味道，分享给每一个有缘分找到这里的人，这样不好吗？一定要在冲上云霄的旋转餐厅的厨房里才更好吗？他说我一点也不羡慕那些看起来似乎有更好

カラオケ
歌うんだ村
BOOK·OFF
150m先
百果園

徳丸
支度

生活和前途的人。

我说你真不觉得遗憾吗？也许真的就有你当年的同学在全世界各地的酒店成为顶级厨师，成为老师或是评委。

他耸耸肩，“遗憾？我很好啊，我觉得人生的遗憾就是随波逐流。”

我被这句话彻底击中。就像是在旷野上孤独了很久的野马，在那一刻找回了同伴，我说Tmas，请坚持，我每一年来拜县，都会来看你。

回来的这半个月，我总是在ins上看到他的更新：店里有了新植物，他研究了新菜品，他和不同肤色的人站在门里的合影，每一张照片里的他都笑得那么发自真心。

多好的Tmas啊，他与世无争，他说人生的遗憾是随波逐流，他要以自己喜欢的方式过一生。

时间会给出最好的答案

你想去的远方，想成为的自己，请相信，
时间会给我们最好的答案。

我从电视台辞职到现在成为自由摄影师，已经是好多年前的事情了。在杂志里，在书里，在微博上，讲过很多关于当时的选择以及如今的坚定。但还是经常会被问起，你后悔你当时的选择吗？你为什么坚持到现在？

上个月，我和浩森在巴黎旅行，在埃菲尔铁塔旁的战神公园，我们遇到一对老夫妻，大家如久别重逢般聊天，末了，浩森也问了他们这两个问题。

我从没见过他们，可我们对于这个问题的回答，竟然惊人的相似，那就是："交给时间，它会给你最好的答案。"

Max和Lulu是一对年过六十的老人，见到他们的那天，夕阳正好。他们站在公园中央，弹奏起愉快的曲子，和每一个路人互动微笑，就像相识多年的朋友。他们穿着中世纪的复古装，Max 弹着吉他，戴着圆帽，长长的胡子翘起来，滑稽可爱。而Lulu穿着黑色小皮鞋和玫瑰色的花裙子，手上戴满了首饰，跟她的笑声一样，发出叮叮当当的声响。

表演结束，全场都为他们欢呼和鼓掌。我举起相机为他们拍照，他们看见我，先是默契地朝着镜头大笑，然后走上前来看我相机里的照片。当看到我相机里拍下的很多巴黎的景色时，他们偶尔指着某一张说自己也打算去这里看看，偶尔则大笑起来，给我讲他们在某个地方发生过的好玩的故事。

就这样，我们一起坐在夕阳下的长椅上聊起来。

Max和Lulu是英国人。

他们已经周游了全世界的六十多个国家，在每个地方，都愉快地唱歌，结交当地的朋友，他们是快乐的传道士，在旅途中，他们专门印刷了很多用于赠送给陌生人的小本子，上面用很多种语言告诉大家：要去追寻自由，要用内心的快乐，打破成规，拥有专属于自己的生活态度。本子上有一句话，翻译成中文是：未来有一百种可能，一定要找到快乐的事情做。

我还没开口问，Max便主动说：想知道我们为什么拥有这样的人生吗？

原来，在50岁时，Lulu被检查出乳腺癌，她为此放弃了工作，以为自己将进入治病、养病的人生。但这一切，却被发现是虚惊一场，那个瞬间，她有一种捡回了一条命的感觉。她说，想重新活一次，只为自己而活。于是，Max也提前退休，陪着Lulu，他们两个开始了这没有目的地、没有终点的旅行。从英国出发，他们使用了所有的交通工具，一路边走边唱，一边传递快乐和自由，一边开启了这趟全世界的音乐之旅。

LIBRI
USATI

他们的两儿一女，支持着他们的决定。就像Max和Lulu对他们的教育一样，从不要求孩子有多少成就和辉煌，只愿他们去达成心中所想，做能让自己快乐的事。所以，哪怕在快要退休的时候选择辞职，周围的很多人都充满不解，可他们依然能够洒脱地说：这是我们的生活呀，与别人无关。

旅途中也遭遇过困难，护照被偷，用心制作的小本子被人以为是反面宣传而随手丢弃……可是，每一次音乐响起，每一次收获掌声和微笑，每一次被陌生人拥抱，都让他们坚信自己的选择是正确的。

Lulu笑着说：“你知道吗？在旅行的过程里，我才发现，音乐才是我最热爱的东西。我今年快六十岁了，如果我能早点为自己而活，是不是就能早点拥抱想要的人生？但还好，现在也不算晚，对吧？”

我用力点点头，给了他们一个大大的拥抱。

夜幕降临巴黎，也许每座灯火辉煌的城市都只是我们的一次路过，却也是我们前往未来的必经之路。你想去的远方，想成为的自己，请相信，时间会给我们最好的答案。

“路途漫漫 与谁比肩”

或许明天早上起来依旧会难过，但那又怎样，路漫漫呢，你难过，可它早晚会好。

押ボタン式

前几天夏悠悠跟她恋爱四年的男朋友分手，男方劈腿，把她甩了。

她在群里跟我们说，我夏悠悠被甩了，重返少女时代。周末谁也别加班，陪我去裸心谷，郊游喝酒。

大家欢声笑语，开开停停。寻找陌生公路的出口，吐槽公司里前台勾搭秃头老板的八卦，好像被甩这件事情没有发生过。

晚上大家坐在院子里喝酒，围着烤炉相互取暖。酒精起了作用，夏悠悠终于崩溃了。她泣不成声，“我到底做错了什么？他竟然不爱我了。”

全场沉默。

因为每一个人都知道，失去孟子航等于要了夏悠悠的命。

家境显赫的白富美，爱上各方面及格的路人男，是这个故事的开端，听起来就好像是两张单程车票，有去无回，男女主角最后天各一方。

事实上，所有的朋友都反对他们在一起，但悠悠觉得这辈子就是这个男人了，让她感动的是，每天上课，子航都会为她准备温开水和陈香露白露片。悠悠从初中就开始收到各种款式的男生送的玫瑰花，不扔的话足够一卡车了。她说对症下药是关键，我胃痛，每次痛的时候都觉得世界末日来了，都末日了我要花干吗？我需要药，不停的药能维系我的健康和爱。活了二十三年，除了爸爸，第一次有男人懂得给我买药，而且他还能这样坚持两年，你说我是不是要紧紧抓牢？他可是把我从末日里拽出来的男人啊！

当时我就吐槽她，那你可以自己拯救自己，每天包里随时备着药，自己吃药，丰衣足食，不需要男人了就。

她回我一个白眼，你不懂。这叫爱的沦陷。

她确实沦陷了。

她竟然要远离我们这群损友，追随爱情，去杭州的郊区。

去年他们毕业，实习那阵子，为了顾及子航的自尊心，夏悠悠放着在西湖旁边的别墅不住，跟子航租下沙郊区的一个单身公寓，悠悠在市中心的报社实习，子航在下沙的科技园实习。为夫走天涯的壮志豪情给了她极大的自我满足感，她说没关系啦，起步阶段，子航需要我的陪伴和鼓励。

就这样，两年的时间，拥挤在进城的路况里，早上他还在被窝里，她为他准备丰富的早餐，然后去上班。晚上悠悠下班早，总会去超市买第二天早餐需

BREAD
STICKS
SUNFLOWER SEEDS
OREGANO
GINGER
CINNAMON
THYME
BASIL

要的面包和水果。晚上，子航爱吃关东煮，每次等他加班完回家，不管多晚，不管她有多困，在他洗漱的时候，她都会暴走一公里给他买他最爱吃的黄金墨鱼丸和蟹肉钳。她说，一路上我都用跑的，我那么怕黑，可是我知道家里有盏灯在等我。

喜欢一个人的时候，你就会为他变成你理想的样子。

她叙说着这些过往的时候，一直抓住衣角，瑟瑟发抖。她说，到底另外一个她是什么时候出现的？是在我清早醒来为他准备早餐的时候？是在我买完关东煮害怕夜路拼命跑回家的时候？还是我抱着他说亲爱的我们要一辈子在一起的时候。

烤炉冒着烟，悠悠像中了邪，一动不动，泪如雨下。朋友们都心痛得跟着难受起来，两个女生朋友走到她身边，抱着她，低喃着说没事了，都过去了。

悠悠眼泪没有停歇，但也慢慢平静下来，哽咽着点头答应会好好照顾自己。

看着她们，另一个朋友心有感概，回过头问我爱情到底是什么模样。

爱情应该是这个世界上最难以描述的东西吧，因人而异。明明他没有长成你喜欢的样子，你却觉得找到了一直想要的人。明明你觉得你成为了他心中最好的样子，他却喜欢上了另一种模样。

或许夏悠悠明天早上起来依旧会难过，但那又怎样，路漫漫呢，你难过，可它早晚会好。

“在东京最后一夜”

爱情，真是天时地利的迷信，曾经你以为能陪你到老的人，未必愿意与你乘风破浪。

001

樱花季，我在日本拍了很多客人，其中阿清最特别。

樱花再美，他似乎也无心观赏，慢悠悠地走在我前面，把周围所有喧嚣都与自己隔开。

他带我去的都是他生活和上班的地方。不需要太多表情和动作，每到一个地方，就直直地站在那里，我按一下快门即可。

晚上我们一起去居酒屋，频频举杯，应该是喝多了，他醉醺醺地告诉我，今天是他在东京的最后一夜。

七年前，两个人来，明天，一个人走。

002

阿清跟嘉兰是大学同学，他们是所有人眼中的完美情侣。

阿清慢热，内向，说话慢条斯理，也没什么情绪的起伏，像平静的湖面，因为嘉兰才有那么点涟漪。

嘉兰生性开朗，爱笑，待人热情。他们在一块儿的时候，阿清不用说话，只是微笑地看着嘉兰手舞足蹈就可以了。

在他心里，嘉兰是最漂亮的女孩。并非只关乎容貌，还有她的种种行为。

陪母亲去医院的路上，她没有哭，从那一刻起，她已不再是一个天真的孩子了。

四条通り
Shijo-dori

阿清最爱她吃饭时无所顾忌、没有规矩的样子，他们吃过麻辣烫，吃过食堂，偶尔也去好的餐厅开过小灶，每一次吃饭，嘉兰都会有不同的笑话讲给阿清听，还没等阿清反应过来，她自己先笑得前俯后仰的。

她笑起来像风吹过风铃，叮铃叮铃，格外悦耳好听。

在嘉兰心里，阿清就是个比别人慢半拍的呆子。

就连她自己也不知道是什么时候开始喜欢上这个呆子的。

也许是因为他坚持送了一个学期的早餐。

也许是因为同学们一起出去旅行时，她提前来例假，痛到在地上打滚，是他背她去宾馆休息，泡好热水，满头大汗从超市抱来各种牌子的卫生巾。

也许是因为她随口说说某个包包好看，他攒下生活费四处兼职把包包当圣诞礼物送给她。

反正嘉兰觉得，阿清是除了外公之外，对她最好的男人。

嘉兰出生在一个海边的小镇上，她出生的那个下午，风雨交加，好多捕鱼的渔船都被困在海上，她爷爷捕鱼一辈子，却在孙女出生当天没能回来。

后来小镇上就流传这种说法，说嘉兰是这个家族的克星。

这当然是无稽之谈，可嘉兰的奶奶却当了真。

从她出生后，到她读小学，奶奶一直没有抱过她。

小的时候，她看到朋友们都会有奶奶牵着买糖果吃，有时候她在街上遇到奶奶，她也想牵起奶奶的手，奶奶总会训斥她走远点，骂她脏东西。

她问妈妈，为什么奶奶一点也不喜欢她？

妈妈摸摸她的头，只有不停地叹息，没有答案。

嘉兰小学四年级的时候，老师要投票选举两个同学去市里参加舞蹈比赛。

嘉兰和另外一个同学同时入选，嘉兰自信满满，她知道自己在技术上更胜一筹，但投票结果公布，她竟然一票都没有。

嘉兰不服气。班里有男同学说："你克死了你爷爷，你是灾星，代表我们参赛不吉利。"

她哭着跑回了家。也是那时候，她第一次看到父亲暴打母亲。

父亲一边骂着脏话，一边随手拿起了餐凳，砸向母亲。血从母亲的头上流了下来，滴在母亲最美的米色裙子上，母亲用手捂着伤口，退到墙角，泣不成声。

嘉兰拼命地敲打着铁门，循声赶来的邻居，拉住了父亲。

那天她狠狠地咬了父亲一口，眼神像个小豹子，她恨父亲。

陪母亲去医院的路上，她没有哭，从那一刻起，她已不再是一个天真的孩子了。

40
ここから

CALPIS
POINT
ポイントカード
CARD
千代田区内は
路上喫煙禁止
NO SMOKING
放置自転車禁止
NO PARKING
千代田区

BOXING
KANEKO

她发誓，从今以后，一定要保护母亲。

她帮母亲按住伤口，母亲无声的眼泪一直往下掉，她猜母亲一定承受着比她更大的压力和痛苦。

在医院做检查的时候，医生发现母亲身上有很多家暴的淤青，母亲软弱，没有承认。

那天晚上，母亲抱着嘉兰在医院的病房里跟她讲述了这一切：嘉兰出生那天爷爷去世，奶奶迷信神论，认定嘉兰是灾星，换走了爷爷的命。整个家族的人都看不起父亲，觉得父亲娶了个不干净的女人，才生下这么个克星。

父亲原本是个本分人，不善捕鱼，平时在镇上弹棉花做被子，逢年过节，娶媳妇嫁女儿，父亲那里生意都很好。

自从嘉兰出生后，他的生意一落千丈，大家都觉得喜庆的被子不应该在这样造孽的家庭里出来。

于是，父亲变得越来越消极，沉溺于赌博，赌运和牌技都不如人的父亲，每次输完都会打母亲。

嘉兰听完，只想去死。

也许她死了，所有的问题都可以得到解决，但是她看到满身是伤的母亲，又打消了这个念头，她想有一天，自己能带着妈妈离开这里。

母亲快出院的那天，外公出现在病房门口。

外公连续抽了好几支老旱烟，然后跟妈妈说，“闺女，咱不受这个苦，你爹娘都在，你回家来住。”

于是后来，嘉兰和母亲住在了外公家。

外婆是个温和的老太太，起早贪黑，有忙不完的琐碎事情，但只要得空的时候，便会做一些针线活，贴补家用。

外公以前在学堂教书，是个非常威严的老师，连妈妈和舅舅都怕外公，但外公很疼嘉兰，有好吃的总是要多留一份给嘉兰，母亲有时斥责嘉兰贪玩，外公也会来斥责母亲，他说嘉兰是天底下最聪明的孩子，她知道自己掌握时间。

外公代替了父亲，给了她双倍的爱，她每天笑嘻嘻，过得很开心。

读高中的时候，嘉兰考去了市里。

她出落成了大美人，性格活泼，又多才多艺，很多男生都给她写情书，她全部扔在垃圾桶里，她牢记母亲的话，一定要考上好的大学，将来找一份好的工作，找一个对她好的男人结婚。

那三年嘉兰到底有多疯狂地念书，谁也说不清了。

只是她每天都是教室里去得最早的人，又最后一个离开。

她把所有的书都翻烂了。高三毕业时，那一年，她做的试卷几乎可以按斤算。

好在最后，嘉兰不负众望，考到了省里最好的大学。

003

在入学的第一天，她就遇到了阿清。

那时候嘉兰根本对学校还不熟悉，但她到处找图书馆，然后和一个高高瘦瘦的男生撞了一个满怀。

那个男生就是阿清。

“你干吗撞我？”

“你干吗撞我？”

两个人异口同声地说，又不约而同地笑起来。

之后莫名其妙的，两个人聊了起来，才发现对方都是大一新生，并且都想去图书馆。

哈，刚开学就去图书馆的人，要么是极度无聊，要么是非常刻苦。

无聊的就像阿清这类人，刻苦的就是嘉兰这种。

后来嘉兰常常在图书馆碰到阿清。嘉兰带着笔记本奋笔疾书的时候，阿清坐在一旁，有一搭没一搭地翻着闲书。

嘉兰放下课本去吃饭的时候，阿清也紧随其后。

“你跟着我做什么？”嘉兰跺跺脚。

阿清笑眯眯地不说话，只挠挠头：“我是想去吃东西。”

嘉兰气得笑了，扭头去另外一个食堂，没想到阿清这个呆瓜又跟了上来。

她坐下，点了个番茄鸡蛋炒饭。阿清则拿出自己收好的名贵蛋糕，一小口一小口地吃起来。

嘉兰舀了一勺番茄送到嘴里，甜丝丝的，不由得绽出了笑容。

后来，阿清和嘉兰的交集越来越多。

阿清总是找不同的理由出现在嘉兰的周围，嘉兰也不说破。偶尔和班上的男同学多说几句话，然后饶有趣味地看阿清涨红脸。

他们也偶尔会有争执。

嘉兰在看书，阿清却放下手里的小说，说：“我们出去玩会儿吧，老坐在这里多闷啊。”

嘉兰摇摇头：“不，马上要考试了，我得考出更好的成绩拿到奖学金。”

阿清是那种从小衣食无忧的富家子弟，他当然不会懂嘉兰的心情。啰唆几句，惹得嘉兰直接撂下一句：“你爱去哪儿就去哪儿，和我又没什么关系。”

阿清像一个要糖而没有得到的孩子，气鼓鼓地走了。

可隔几天，他又出现在嘉兰身边的座位，每天笑眯眯地摆弄着自己新潮的

15

手机。

他们两个人的恋情，没有谁先说开始。

只是阿清修长的手指给她剥出一个又一个橘子，送到她嘴里时，她的心忽然有一刻，温暖得像要化了似的。

那种感觉和高中时面对那些追她的男生完全不同。

嘉兰回过头，看着穿着白衬衫，在阳光里面庞几乎透明的阿清，一下子心跳加速起来。

后来，两个人成为了男女朋友。

大学毕业时，阿清家里想让他去日本深造，学建筑，阿清答应下来，自然也不会落下嘉兰，他帮着嘉兰一起准备材料，找语言学校。

第二年，两个人都顺利到了东京，开启新的生活。

东京的节奏很快，这让两个刚毕业的学生无所适从，他们在离学校近的地方租了一间房子，日本的房间小，大概只有三十平米。

他们自己做饭，一起上下学。

三年后，两个人终于学有所成。

嘉兰因为性格关系，长得又漂亮，很快找到了不错的事务所，阿清连续找了四个月，都在碰壁，反正他也不缺那点工资，于是最后只是打小时工度日。

阿清一如既往地给嘉兰准备热牛奶，晚上回来后又给嘉兰弄好她喜欢的橘子气味的香薰。

有一阵嘉兰工作压力大，阿清还把便利店里有助安眠的营养片买了回来。

只是他慢慢发现，工作后的嘉兰越来越少笑，直到有一天，她推开对她嘘寒问暖的阿清，说道："你能不能别这么婆婆妈妈，我是成年人了，又不是三岁小孩，我不需要这些关心。"

好像是隐忍很久后的爆发，这是嘉兰第一次在阿清面前哭。

上次她说起父母离异，母亲被父亲打得伤痕累累都没有哭，阿清有些束手无措。

嘉兰说："我去洗个澡冷静下，把香薰换了吧，我现在讨厌橘子味。"

阿清不敢揣测这句话的意思，惶恐不安，难以度日。

直到一个星期后，他看到有一辆车送嘉兰到楼下，对方应该是个日本人，看起来气宇轩昂，事业有成。

他给嘉兰开车门，吻了嘉兰的额头，嘉兰和他拥抱在一起，一直舍不得松开。

阿清明白了一切，有些沮丧，东京街头人来人往，任凭他今天摔下天桥而亡，也没有人会多看他一眼。

他说他要回国了，问嘉兰走不走。

嘉兰抽了一支烟，她说，对不起，我回不去了。

说到这里，阿清已是泣不成声。

我问："你们还联系吗？"

他说："就像教你跳第一支舞的人，不一定能陪你跳到最后。我的关心对现在的她而言，已经没有意义了。联系还有什么作用？"

我重重地叹了一口气，实在不知如何出言安慰。

那天晚上，走出居酒屋的时候，夜已经很深了。

我送阿清上车，看着他的车消失在拐角处。

不知是否情绪作怪，那时连离去的出租车的背影，我看着都觉得悲伤。

阿清躺在出租车上，又会是什么样的一种心境。

爱情，真是天时地利的迷信，曾经你以为能陪你到老的人，却未必愿意与你乘风破浪。

只能希望在下一个路口，他能遇到属于自己的幸福。

而关于东京的故事，他的快乐有之，悲伤有之。

只是在下一个天明，这些都会变成"曾经存在过"。

≈ part three 故事篇 ≈

文/七微

"尼泊尔好玩吗？"

"美。"

"最喜欢哪里？"

"人。"

"真巧，我也是。"

*火　焰

/// ◆◆◆

所有的梦想，都值得被尊重。

● The flame...

001

加德满都，盛夏的黄昏。

从机场进市区的交通拥堵不堪，天气炎热，司机们都心急，喇叭按得震天响，见缝就插，横七竖八的车子，卷起大片大片的灰尘。

这个城市真是脏兮兮的啊！

薄荷皱着眉，将视线从窗外收回来，忽然对着司机大声喊道："掉头，掉头！回机场！"

司机听不明白她在讲什么，回头不解地看了眼这个大喊大叫的中国姑娘。

"掉头，回机场！"薄荷切换成英语。

司机这回听懂了，讶异地问："现在？可是，小姐，我们就快到目的地了。"

薄荷深呼吸，说："拜托你送我回去！现在，马上！"

半小时后。

薄荷拖着行李箱从停车坪到机场抵达厅再到停车坪，里里外外搜寻了一遍，没有，哪儿都没有猫猫的身影。

她坐在行李箱上，看着夕阳下来来往往的人流，伸手慢慢掩住面孔，才发现自己满脸都是汗。

是啊，这都已经过去一个多小时了，她怎么可能还会在机场呢！

一个多小时前。

薄荷与猫猫刚落地机场，就大吵了一架。

起因其实是一件小事，她们走出机场时被一个小男孩拦住了，小男孩看起来大概十一二岁，又黑又瘦，衣着陈旧，但英语说得倒是流利，甚至还会几句怪调的中文。他恳求她们包他的车进城，亦步亦趋地跟在两人身后。

薄荷不吭声，快步走，脸上嫌弃之意明显。她想起父母嘱咐过她的话，在车站、机场外千万别搭理那些拉客的，没准就把你拉到什么偏僻的地方去，谋财害命。

猫猫见那小男孩苦苦恳求，停下来问他："我们要去泰米尔区，多少钱？"

"猫猫，你干什么！"薄荷转身，不悦地看她。

"薄荷，我们坐他的车吧，反正也是要租车的。"猫猫说。

薄荷快步走到她身边，拽过她的手臂，边走边数落："你怎么一点警惕心都没有？什么车都敢坐？遇上骗子怎么办？还有，你看那小孩，脏兮兮的！"

薄荷的毫无顾忌令猫猫有点尴尬，小男孩既然会说一点中文，肯定多少也能听懂一些，她看了一眼还不放弃继续跟在她们身边的小男孩，似乎看见他脸上一闪而过的受伤。

她忍不住反驳道："哪儿有那么多骗子啊！"

"就你单纯，被人卖了还帮人数钱呢！"

"薄荷，你别老是疑神疑鬼，觉得全世界的陌生人都是骗子好不好！你不会真的有段青青说的被迫害幻想症吧？"

段青青是她们的邻居，也是从小一块儿长大的，但薄荷跟她特别不对付。听猫猫提起这个，薄荷一下光火，气得把行李箱往地上一掷："哈，我有被迫害幻想症？我看你才是有好心泛滥的臭毛病！"

"我这怎么就是好心泛滥了呢？相信人心本善错了吗？"

"防人之心不可无，难道是我错了？"

"你哪只眼睛看到人家是骗子了！"

"难道骗子还会在脸上刻字，宣告天下，啊，快看，我是骗子？"

SUZUKI

……

两人一番唇枪舌剑，声音越说越大，各有理由，互不相让。

最后，薄荷冷笑一声："谢喵，你可别忘记了，出发前你答应过你妈妈的，这次毕业旅行，一切都听我安排的！否则你妈妈根本就不会允许你来！"

每次薄荷连名带姓叫她时，猫猫就知道她是真生气了，以前每次她生气，她冲她撒撒娇很快就和好了。可这次猫猫却没有说软话，也许是薄荷的质问让她很不爽，也许是被薄荷当众发火遭人围观让她觉得特别丢脸，也许，更重要的原因是薄荷最后说的那句话，让她觉得特别委屈。

她们认识十八年了，从小一块儿长大的闺蜜，薄荷性格强势，独立，有主见，而猫猫呢，恰恰相反，人如其名，温和，随意，依赖心比较重。这让她们之间的相处从一开始就定位成这样：吃什么，玩什么，看中了共同喜欢的东西，选什么颜色，永远都是薄荷做主。因为每次薄荷问猫猫意见，她总是说，随便啊！渐渐地，薄荷也就不问了，还老感慨着说，猫猫啊，没有我帮你做选择，你的生活可得多随便啊！就连这次高考后来尼泊尔毕业旅行，也是因为有薄荷同行，且她在妈妈面前说了很多好话，自己又保证会一切听薄荷安排，妈妈才同意的。

再温和柔弱的女孩子，也不喜欢这样事事被人管制，好不容易从父母严苛的管制下逃出来，她多期待这次毕业旅行啊，异国他乡，终于没人念叨自己了！

可现在……

“我那是骗我妈妈同意的！为什么每次我都要听你的，每一次都是！我已经成年了，可以自己做主一切事情！就算没有你，我一样可以！我现在偏要坐他的车！”她转身对还站在一旁的小男孩说：“走！”

她跟着小男孩扬长而去，昂首挺胸，头也没回。

薄荷气得一脚踢翻自己的行李箱，过了会儿，她扶起行李箱，朝另一个方向走了。

薄荷坐在旅馆的大床上，黑色钱包摊开在被单上，旁边是厚厚一叠人民币与卢比，还有两张银联卡，一张背面写着薄荷，一张写着猫猫。这是她们两个人的卡与所有的现金，出发前都放在薄荷身上。

猫猫没有钱，也没有卡，如果她没记错，她的小零钱包里只有不足一百块人民币。

薄荷长叹一声，倒在床上。

她订的旅馆在热闹的泰米尔区，此时已入夜，巷子里灯火璀璨，热热闹闹的。出发前，她们就制定好了计划，办理入住后，就去逛逛泰米尔街区，这里简直是女孩们的天堂，琳琅满目的小东西，应有尽有，物美价廉。

可是，猫猫并没有来住订好的旅馆。

从机场到旅馆安顿好后，薄荷立即办理了一张当地电话卡，她给家里打电话报了平安，跟妈妈拉拉扯扯了许久，想旁敲侧击地打探一下猫猫有没有跟她家人联系，话到嘴边又打住了，不能问，一问肯定就露馅儿了，肯定掀起大风浪。

她又给猫猫的QQ不停地发消息，每隔五分钟就刷一次，可是那个头像始终是灰的。猫猫与她不同，她是社交网络深度依赖症，QQ、微信、微博、人人网等等，她拥有无数个账户，猫猫却很不喜欢社交网络，唯一在用的QQ还是薄荷帮她申请的，她用得也不多。

薄荷又联系了她们共同认识的所有朋友，大家都说没有猫猫的消息。

在如今这个通讯、网络发达的世界，薄荷发现，原来要找一个人，其实也并不容易。

夜渐深，薄荷无心去逛街，也无法入眠，她也没洗漱，握着手机躺在床上，到这时，她心里的担忧与悔意一齐涌上来。

猫猫，你究竟在哪里呢？

002

猫猫在埋头大吃。

她风卷残云地对付着第三份咖喱土豆饭，餐桌上一片狼藉，原来的四个人就剩她还在吃，对盯着她看的三道视线浑然不觉。

阿库丽靠在天台栏杆上，猩红的嘴唇上吐出烟圈儿，她收回打量猫猫的眼光，问身边戴着礼帽的高个儿男孩："AK，你确定带对了人？"

"切，你什么时候见老子失手过？"AK哼了声，弹了弹手中的照片，指着照片上左边的人，示意她与猫猫比对。

阿库丽嗤笑一声："哈！从没失手？那么，照片上另一个女孩哪儿去了？"

AK不以为意道："一个人正好，这个看着傻乎乎的。"

"还看着瘦瘦弱弱的呢，这么能吃！"阿库丽用脚踢踢坐在地上的小男孩，"小丑儿，你不准再给她拌饭！我们都半个月没有活儿了！"

小丑儿往旁边移了移，不说话。

AK伸手钩住阿库丽的肩膀，朝猫猫努努下巴："担心什么，这不，小肥羊来了。"

阿库丽拨开AK的手，皱眉说："瞧她那穷酸的吃相，可不像有钱人家的小姐。"

AK对着猫猫全身上下点了点，"看见没，她从头到脚穿的戴的，以及她身边那个包，可都不便宜。"

阿库丽没反驳，她知道AK这点本事还是有的，他没事儿就爱钻研这些。

"好饱啊好饱！真的超级好吃哦！"猫猫拍着肚子走过来，"魔术师先生，你们在讲什么呀，尼泊尔语可真难听懂！"

AK换上中文，笑问："吃好了吗？"他是中印混血儿，五官轮廓立体，高高鼻梁上是一双深邃漂亮的眼睛，笑起来时，简直迷死人。

在机场，猫猫跟着小男孩走，他的车令她大吃了一惊，竟然是一辆破破烂烂的大房车，估计是从废车工厂回收来的，有两扇玻璃窗是破碎的。她没有掉头离开的原因，是它的白色车厢上，画着很多可爱的卡通画，虽然有点褪色，但依旧看得出那是一片森林与动物们。

猫猫是超级漫画迷。

然后，从驾驶座下来个高高帅帅的男孩儿，他穿着洁白的衬衣，系着粉色领夹，头戴一顶魔术师常戴的黑色礼帽，站在她面前弯腰行礼，起身时，他手上举着一枝鲜红的玫瑰，他用中文说："亲爱的小姐，欢迎你来到世界上最幸福的地方，众神之国尼泊尔。"他说："我是魔术师AK。"

猫猫开心地接过玫瑰，上车时她想，多么美妙呀，这才是有趣的旅行啊！

魔术师身兼数职，将破房车开得飞快，一路还不忘跟猫猫介绍着窗外的风光，加德满都，哦不，整个尼泊尔，他都如数家珍，哪座神庙有什么秘史，哪条街巷有最正宗的尼泊尔菜，哪里可以买到物美价廉的纪念品……猫猫被他说得天花乱坠，总之最后，她主动订购了他的“尼泊尔私家定制旅行路线”套餐。她也不是没有怀疑过，但价格合理，而且这个旅行套餐多么人性化啊，先体验，后付费。那么她也就不怕他拿了钱后跑路了对不对？

车进市区，她的气慢慢消了，想去找薄荷，两人一起加入套餐多好玩。可是她发现，她根本就不记得薄荷订的旅馆叫什么名字。出发前，一切行程单都是薄荷在制定，她什么资料都没有保存，更悲催地发现，自己的钱与银行卡也在薄荷那里。

她只能跟着AK与小男孩回去，他们的套餐里，可是包含了吃住的。

到了才知道，他们提供的根本不是旅馆，而是一栋陈旧房子的屋顶小平房。屋顶天台上，三间低矮的屋子，装修简单，没什么家具，倒是收拾得挺整齐。厨房与厕所也有，就是小得可怜。

猫猫转了一圈，站在天台上往外看，入眼是层层叠叠朱红色建筑，在黄昏的夕阳下，威严而神圣。这里与帕坦杜巴广场毗邻而居，视线极佳，可以俯瞰到整个广场。

AK凑过来说：“我们这是民宿，民宿你听过吗？就是入住当地人家，深入体验当地人的生活习俗。那可是住酒店无法比的！”

猫猫回头一笑：“棒！我喜欢这里！好饿了，我们晚餐吃什么？我听说尼泊尔的咖喱很好吃，我最爱吃土豆咖喱。”

AK打个响指，指了指倚在天台栏杆边抽烟的女孩说：“OK，我们阿库丽

的土豆咖喱那是世界一流，绝对叫你以后再也不想吃别人做的！”

猫猫充满了怀疑，她怎么看都不觉得阿库丽会是个厉害的煮妇，你看看她，大红唇，金黄色张扬的爆炸头，紧身露脐吊带衣，短短的热裤下是一双修长美腿，蜜色肌肤，诱人的曲线。她五官不算漂亮，但却是个迷人的姑娘。怎么看她都跟“世界上最好吃的土豆咖喱”不太搭啊！

一个小时后，猫猫总算明白了什么叫“人不可貌相”。这真的是她吃过最好吃的咖喱土豆！

吃饭的时候，猫猫大致了解了他们这个组合，小男孩负责拉客，AK是司机兼导游，虽然他一直强调自己是个伟大的魔术师，爆炸头阿库丽是大内总管，也是他们的头儿，她抽烟很凶，脾气也很凶。

吃饱喝足，猫猫问AK接下来的旅途计划，她已经在心里决定好了，暂时不去找薄荷，她要证明给她看，就算没有她，自己也能拥有一场独特的旅行！

睡前，猫猫从背包里掏出一本手札本，这是她专为这次尼泊尔之行准备的，她打算以漫画的形式来记录下这场毕业旅行。

她画了帕坦杜巴广场的美丽庄严的建筑，画了小男孩，画了魔术师AK，画了爆炸头阿库丽，也画了那辆破破烂烂

却可爱的房车。

这一晚，猫猫在天台小平房的小铁架床上睡得香甜。

而薄荷，却因为担忧她，整夜都没有睡着。

003

薄荷起得很早，她顶着两个大黑眼圈，在旅馆吃过早餐，便开始了她的找人之旅。

她按照她与猫猫规划好的路线，期望着能在这些地方遇见她。

她最先去了著名的杜巴广场。加德满都的杜巴广场是尼泊尔三个杜巴广场中最大的，有五十多座神庙与宫殿，都是建于十六世纪到十九世纪的古建筑。其实薄荷对建筑并没有多少热爱，这是猫猫的心头好。而把尼泊尔作为毕业旅行首选地，也是猫猫的建议。尼泊尔唯一吸引薄荷的，是博卡拉的滑翔。

杜巴广场游人如织，穿梭在人潮里，薄荷才知道自己想在景点与猫猫来个偶遇，简直需要神奇的缘分。

她拿着地图与事先做好的路线，又去了库玛丽女神庙，烧尸庙，博大哈佛塔，赶在黄昏前，她去了猴庙。在这里的山顶，可以俯瞰整个加德满都城区，站在山顶看日落，很美。

猫猫喜欢所有的山顶，她喜欢在有风的地方俯瞰。她还说，薄荷，我们以后去很多很多山顶，看很多很多日落，我们一起哦！

可是，此刻，你在哪里呢？猫猫。

此刻，猫猫跟着AK在巴德岗的旧巷里看老手工艺人做灯笼。

尼泊尔的灯笼出了名的漂亮，每个店家都说，我们的灯笼是纯手工的！AK对猫猫说，嘿，谁信谁傻咧！来来来，我带你去看看什么叫真正的纯手工。

师傅很老了，他的灯笼店在小巷的深处，弯弯绕绕的，几乎没什么游客来。他的家与店是一体，一辈子生活在这里。纯手工制作哪里比得上机器，出产慢，碰到不识货的还嫌价格高，卖不上价。

猫猫在小小的店面里挑了很久，选了两只喜欢的灯笼，没有跟老师傅还价。

买单时她看向AK："魔术师先生，借我两百块吧，我现金不够了哎！"

AK把她看了又看，最后还是掏出了钱包。猫猫脸上神情实在是很认真啊，让人难以不信。

猫猫笑眯眯地抱着她的灯笼，跟得了宝贝似的，她蹲在地上跟老师傅聊天，老师傅不会英语，她便让AK帮忙翻译。

她问师傅："既然纯手工的东西跟机器的利润相差这么大，你怎么一直还是坚持自己亲手做呢？"

师傅头也没抬，手中一只灯笼正在慢慢成型："哪有那么多为什么，因为喜欢嘛！"

回程的时候，猫猫忽然问AK："魔术师先生，你最喜欢做的是什么？是魔术吗？"

AK依旧将车开得飞快，过了许久，才回答她："不是所有人喜欢做什么，就可以去做什么的。"

是这样吗？猫猫若有所思，可是，这又有什么难的呢？比如她自己，最喜欢漫画，将来一定会要成为漫画家的。

晚上，猫猫正在画今天的漫画，AK敲开她的门。

"你的包。"

她一拍脑袋，自己真是粗心啊，竟然连包都落车上了。她说谢谢时发现他脸色有点不太好。

他送了包，没有立即离开，朝她伸出手："小姐，请把今天的费用结算一下。"

"嗯？"猫猫愣了下，而后说："我们说好的，先玩，后付费。"

"哦，我们是天结，你今天玩过了。"

"天结？你根本就没有说过！"

"现在你知道了。还有，借我的两百块请还给我。"AK板着脸，他看了眼猫猫抱在怀里的背包，心里将她骂了N遍，这个小骗子！她的钱包里根本就没有钱，银行卡也没有一张。幸亏他长了个心眼，偷偷翻了她的包。

猫猫低着头，呃，先不说别的，欠债还钱，天经地义。

"我……我没钱……"她越说声音越低："我的钱与卡都在朋友身上。"

本来还抱着最后一丝希望的AK，此刻真的很想亲手掐死自己！

他握拳，仰头望望天，咬牙懊恼。

最后，他将猫猫推回房间，从外面关上了门。

如AK所料，阿库丽气得跳脚，扬手就冲他弹烟头，幸亏他躲得快。

"是谁说从不失手的，啊！现在这算怎么回事儿？"

"哎哎哎，你先别生气，反正她的护照在我们手上呢，她没护照，跑不了。"

阿库丽指着他的鼻子："AK，你真是丢尽了我的脸啊，说出去要被同行笑死，骗人不成反被骗。"

猫猫不仅跟着他们混吃混喝混玩了两天，还从AK钱包里借走了两百块人民币。

Club Amsterdam Cafe' Bar
POKHARA EMBROIDERY & GARMENT SHOP
WHOLESALE T-SHIRT
WE MAKE YOUR ANY SPECIAL DESIGN
NEPALI Crafts
SEVEN PEAKS Tours & Travels
ANY MONEY CHANGER

RESTAURANT & TERRACE
RESTAURANT & TERRACE

提到这个，AK脸色很难看，他说：“她不是没钱，只是钱与卡都在朋友那儿。”他掏出那张照片，指着猫猫旁边的人说，“就是这个女生，也在尼泊尔，我们让猫猫找到她就行了。”

阿库丽想了想，同意了。

要不还能怎么办呢，她这两天的吃喝玩乐成本必须得要回来！更何况，这半个月来，猫猫是唯一上他们的车的游客。

AK再找猫猫，他还没开口，她就说：“这样好不好，你们帮我找找我朋友，我拿到钱，就付给你们。”

AK以为，在网络如此发达的年代，找个人易如反掌啊，可是猫猫让他跌破眼镜，她唯一用的社交工具QQ竟然忘记了密码，她以前用时都是家里电脑自动保存密码登录。

猫猫绞尽脑汁也记不起来，坐在那骂自己傻。

AK自有办法，他登录微博，给薄荷发了条私信。然而一天过去了，没有任何回音。而薄荷的微博最后更新还停留在她与猫猫出发来尼泊尔的那一天，上面的内容是登机牌与她跟猫猫的合影。那张合影AK手里也有一张，打印版，正是因为这条微博信息，才让AK把这两个女孩定为目标，去机场堵人。

AK很不解，为什么平日里一天要发三条微博的薄荷竟然好几天没有更新。

他不知道，薄荷因为与猫猫的失联，焦急得根本没有心情PO尼泊尔的美景。而就在他给薄荷发私信的前几个小时，薄荷丢了她的手机。

又等了一天，还是没有等到薄荷的回复。

AK坐不住了，问猫猫她们原本制定的旅行路线。猫猫努力回想，把路线拼凑得乱七八糟。

她犹豫着说：“按照日期来算，明天我们应该是去一个山……在喜马拉雅山脚，叫什么来着，纳阔……”

“纳加阔特？”

“对对对，是这个！”

第二天清晨，他们开着那辆破房车出发了，目的地喜马拉雅山脚的纳加阔特。

上山的路曲曲折折，山路陡峭，AK依旧将车开得飞快，阿库丽与小男孩大概习惯了，坐得稳稳当当，可苦了猫猫。

还没开一半，她就晕车了！

忍了又忍，没忍住，“哇”一声，早上吃的东西，全吐在了车里。

小男孩给她递水又给她拍背，阿库丽可没那么好心，看她的眼神冒着火，捂着鼻子恨不得将她丢下车。

猫猫难受地躺在后座，蜷缩着。此时此刻，她忽然好想念薄荷。她知道她有晕车的毛病，每次她们一起坐大巴，她包里都会备着晕车药与薄荷膏。

薄荷，如果你在就好了。

车子又是一个拐弯，迎面而来一辆小巴士，AK放慢车速，与那辆车擦肩而过。

小巴士的最后一排，有个女孩子靠窗而坐，她微微闭着眼，头靠在玻璃窗户上，神色看起来有点疲惫。

如果此时猫猫往外望，一定会惊喜得大叫。

004

纳加阔特不大，能住宿的集中在几个地方，AK开着车一一问过去，都不见薄荷的踪迹。

天色渐晚，他们将车停在半山一家旅馆外，山上住宿不便宜，阿库丽自然不会开房间，好在旅馆老板同意他们的房车在院子里免费停留。

猫猫还是第一次住房车，虽然车里简陋，座位也不够软，但这样的体验多难得，多新奇啊！

入夜后天地寂静，高高低低的群山在夜色里沉默着。

山上没什么娱乐，但AK是个闲不住的人，他主动请缨给大家表演魔术。

院子里有几张石桌，除了他们四个，还有别的住客也在。今晚月色极好，圆圆亮亮地挂在天边，俯瞰着群山。

有免费的魔术看，大家都凑了过来。AK自诩魔术师，可他翻来覆去会玩的也只有几种非常简单的，比如凭空变出一枝玫瑰花，筷子穿餐巾等等。

但如此月色，看官们也不会太较真，很给面子地拍手起哄。

AK郑重其事地鞠躬谢幕，然后扫视一圈，说："下一个节目，谁要来表演？"

有个女孩子指着同伴笑嘻嘻地说："他他他，他会弹吉他！"

那男孩也不推托，大大方方地起身去房间取了吉他回来，轻轻拨动琴弦，他抬头望了眼月亮，很应景地弹了一曲《但愿人长久》。

猫猫很喜欢这首歌，轻轻跟着哼唱起来。

AK看了她一眼，等一曲终了，他就将话题引向了她："来，唱一个？"

猫猫吓一跳："别别别，我五音不全啊！"

"怕什么，没人笑话你。"

"真的不要。"猫猫连连摆手。

AK也没勉强她，他朝一直沉默抽烟的阿库丽努努嘴："怎样，吹一曲？"

阿库丽抬头看他一眼，没作声，吐了个烟圈儿。

AK偏头对小男孩打了个眼色，根本没说话，小男孩却明白了他的意思，跑到房车里去取了个东西回来，递给阿库丽。

那是一只口琴。

猫猫一愣，凶巴巴的爆炸头还会吹口琴?

疑虑未散，已有悠扬的乐曲响起来。

猫猫又是一愣，她吹得可真好听啊!

猫猫看着阿库丽，只见她微垂着头，小小的口琴在她手指缓缓移动间化作了丝丝缕缕曼妙的音符。

月色荧荧地流淌在她身上，将她金黄色的头发映照出一种别样的温柔，将她从来都是清冷的脸上也照出几分柔美。

天地辽阔，山峦寂静，月色荧荧，琴声如诉。

不知道为什么，猫猫心里忽然有点儿想哭，不是难过，就是觉得，这样的场景，太美了。

像梦一样。

是生命中的奇妙时刻。

她忽然有点小庆幸，自己没有在听到AK与阿库丽起争执的那个夜晚逃走。是的，他们在房间里讲的话她全听到了，他们讲的是中文。她是容易相信人，但她并不傻。从他们的言谈间，她多少明白他们是做什么的了。所谓的私家定制路线不过是幌子，她也知道，旅途结束后免不了要被狠狠敲诈一笔。

那晚她失眠了，翻来覆去想了很久，最后她还是决定留下来。

她想起在猴庙的时候，看见阿库丽将一只受了伤卡在台阶缝隙中的幼猴小心翼翼地抱出来的模样；她想起在巴德岗的手工灯笼店里，AK掏钱包给自己付账时的模样；她想起小男孩儿将自己碗里的咖喱土豆默默夹到她碗里的模样……

他们对她来说，也许心怀目的。可他们就是百分百的坏人吗？有人曾告诉过她，这个世界上，没有纯粹的好人或者坏人，人是复杂的，是一面多棱镜。

她想跟自己心里的相信赌一次。

005

第二天清晨。

Ak围着房车转了一圈，又转了一圈，最后抱着手臂站在左侧车厢前，揉了揉眼睛。

小男孩指着车厢上的那个卡通形象，开心地嚷起来："这是我！这是我！"

他又指着旁边穿着洁白衬衣，系着粉红领夹，戴着黑色礼帽的家伙说："哥，这是你！好像哦！"

"还有阿库丽！她在吹口琴！"

脏兮兮的白色车厢被擦得很干净，在颜色斑驳的森林与动物们的旁边，新增了颜色鲜艳的卡通画，魔术师AK，坐在草地上沉默的小男孩儿，还有微微垂首吹奏口琴的金色爆炸头阿库丽。

阿库丽洗漱完毕走过来，才看到车厢上的卡通画，她沉默了一会儿，然后一巴掌拍在还在瞎开心的小男孩的头上："出息！一幅破画就把你们给收买了？"她瞪了眼嘴角噙着笑的AK，"我可警告你啊，这一路的费用，你给我仔仔细细地记录下来，一瓶水都要记！"

她走开时，走了几步，又回头偷偷瞄了眼车厢上的自己。

哼，把我画得真是丑爆了！

吃完早餐，AK问猫猫："你们下一站是哪儿？"

猫猫想了想，说："博卡拉。薄荷最想去的就是博卡拉，她想去飞一次滑翔伞。"

AK挥挥手，“博卡拉，走起！”

猫猫猜错了。

薄荷从纳加阔特离开后，下一站是奇特旺。

到奇特旺，骑大象进原始丛林探险是必不可少的体验项目，一路上可以看到鳄鱼、小麋鹿、孔雀等等珍稀动物。

一头大象限载四人，轮到薄荷的时候，排在她身后的只剩下两个人，便组了个三人团。那两个人也是中国人，一对小情侣，比薄荷大一岁，是同胞，又是年轻人，本应该聊得来。可这对小情侣实在太腻歪，拉拉手搂搂腰就算了，当着她面呢，那女孩时不时亲亲小男友。薄荷真是要崩溃了！如果不是坐在象背上，正穿梭丛林，不能中途下，她早就走了。所以一路上，她的脸色不大好看。

下午回到客栈，洗个澡出来，开门又看到那对小情侣，他们住她隔壁房间。

那女孩热情，见了薄荷惊喜地打招呼，薄荷淡淡应了声，坐在走廊上吹头发。

客栈是花园小木屋，前是园林，屋后是一大片的麦田，景色无敌，可蚊虫也是无敌。薄荷才坐了一会儿，手臂与腿上就被咬了好多个包，她是敏感型肌肤，抓抓挠挠的，皮肤顿时红肿一大片，触目惊心。

她回房间翻洗漱包，发现带的驱蚊药不知何时丢了。

一筹莫展之时，有人敲门，隔壁那女孩拿着一瓶驱蚊液站在门口，说：“你拿去擦吧，这个药从泰国带的，特别管用。”

薄荷愣了下，接过药，说：“谢谢。”

她转身，拿了两个苹果递给女孩，女孩也没客气，笑着说谢谢。

一点点善意之举，便把心中的讨厌与隔阂打散了。人与人之间，相处难，但也容易。

女孩邀薄荷一起去镇上吃晚餐，顺便逛逛。奇特旺很小，其实也没什么好逛的，但薄荷还是应邀去了。

吃完饭，三人一起慢慢步行回客栈。路过一个水果店，女孩进去挑水果。薄荷在门口等他们，隔壁小卖部的门口有三个小女孩在玩纸牌游戏，叽里呱啦语速飞快地讲着话。不知怎么的，玩得好好的，有两个小女孩忽然就争吵了起来，另一个在劝说，但明眼人一看就看得出来，那个劝架的一定跟短发女孩关系亲密些，因为她一直站在她身边。

薄荷看着看着，忍不住笑起来。

这场景，多像儿时的记忆啊！她与猫猫、段青青，也经常一起玩，她与青青不对付，总容易吵起来，而猫猫总是站在她身边。

笑着，心里又忍不住有点难过。

七天了，她与猫猫失去联系，已经七天了。

身后忽然传来又一阵争吵声，是那对小情侣。薄荷诧异地转身，便看见女孩气冲冲地走出水果店，一边走一边大喊："我不吃了！你每次都这样！"

男孩跟在她身后，手中提着一袋橘子，"不是给你买了吗，怎么还生气呢！"

"我说我不吃了！"女孩回头吼他一句，伸手恶狠狠地将男孩手中的橘子打落，然后转身就跑。

"你……"男孩脸色也变得难看，看了眼滚得满地都是的橘子，又看了眼走远的女孩背影，想去追，又止住了脚步。

薄荷俯身捡起橘子，一个个装到袋子里，递给他："怎么了？"

"我见她这几天上火，这个季节又不是出橘子的时候，就让她别买，改吃梨，她就冲我大发脾气！"男孩语气不太好。

“没事啊，我去看看她。”薄荷快步追过去，毕竟从小镇回客栈，有点距离，而且是一段田野小路。

薄荷很快就追上了女孩，她跑了一段就停下来了，闷闷不乐地走着。

薄荷并不擅长安慰人，只说：“别生气啦，明天我买橘子给你吃。”

女孩气呼呼地说：“其实我并不是非要吃那个橘子，我是气他的态度。你说我想只是吃个橘子而已啊，非得跟我扯什么这不是当季水果啦，说我上火不能吃，硬让我吃梨。不止一次了，他每次都这样，总是说为我好，可那根本就不是我想要的啊！”

薄荷忽地就怔住了。

是这样吗？

薄荷忽然意识到，也许自己一直以来对猫猫做过的很多事情，就跟这对小情侣一样，她想要吃橘子，她却非要给她梨子。她自以为是，以爱为名，却忘记问她，这是你想要的吗？

006

飞翔的感觉是什么呢？

猫猫与薄荷曾经就这个问题讨论过，乘坐飞机在云层中翱翔，算不算？坐摩天轮在空中旋转，算不算？

薄荷觉得那根本不算飞翔，她说，我想去博卡拉滑翔，想去土耳其坐热气球。那才是我向往的飞翔。

“飞翔的感觉是什么呢？”猫猫微微侧身，问坐在她身后的滑翔伞教练。

教练反问她：“你觉得呢？”

猫猫想了想，如实回答："昏眩。"

是的，当滑翔伞迎风而起的那一刻，她闭着眼睛，心中的惧怕达到最高点，而后便是一阵昏眩。

直至他们的滑翔伞落地，教练才回答猫猫那个问题："对我来说，飞翔的感觉，是梦想与故乡。"

教练很年轻，却已经玩了十五年的滑翔伞。作为土生土长的博卡拉人，热爱上滑翔伞似乎是天经地义的一件事。他曾经离开过，去往更广阔的世界，做着一份表面风光前途十足的工作，可那份工作只持续了两年，他最终还是回到了这里，回到故乡，回到他梦想的蓝天与飞翔。

下山的时候，猫猫忽然问阿库丽："阿库丽，你的梦想是什么呢？"

阿库丽吐一口烟圈儿，皱眉看她一眼："你没病吧？"

没头没脑的，大白天的，矫情兮兮地说什么梦想呢！

猫猫又问小男孩，她拍拍他的肩膀："你呢？"

小男孩看她一眼，又低下头去，沉默不语。

只有AK咋咋呼呼地大声回答他："我啊，我的梦想啊，是赚很多很多很多很多的钱！"

猫猫被他拖得长长的夸张的尾音弄得笑起来。

"怎么，看不起我的梦想啊？"AK回头瞪她一眼。

猫猫摇头。

所有的梦想，不管大小，都值得被尊重。

晚上，猫猫坐在客栈的公共大厅角落里画着漫画，小男孩坐到她对面，沉默地看着她。

他总是很沉默，与第一次在机场见面时的聒噪简直判若两人。

猫猫抬头冲他笑笑，也没说话。

良久，忽然听到小男孩说：“家。”

“嗯？”猫猫抬头看他。

“我的梦想，是想要有个家。”他一字一句，慢吞吞地说道，用怪腔调的中文。

“AK哥哥想要成为全世界最厉害的魔术师。”

“阿库丽想在二十五岁前结婚，她想要生两个孩子，一个男孩儿，一个女孩儿。”

“姐姐，你呢？”小男孩儿问她。

猫猫轻轻说：“我啊，想一辈子画漫画。”

她低头，笔迹刷刷，不多久，她撕下那张纸，递给小男孩。

小男孩儿看了一眼，眼圈儿慢慢地红了。

画面里，简单的线条构架成一幢房子，小男孩儿坐在书桌前写作业，爸爸坐在沙发上看足球赛，妈妈在厨房里忙碌，灯光温暖，炉子上的锅里，正升腾起袅袅热气。

猫猫在博卡拉待了三天，城市这么大，旅馆这么多，想要找一个人，真的不容易。

时间愈久，阿库丽每天起床后的脸色愈不好看。其实猫猫心里对偶遇薄荷已经不抱很大希望了，她已经想好了，等旅途结束，回到加德满都，她就给妈妈打电话。

至于薄荷，她们早就订了回国的机票，在机场，总会碰上的。

离回国倒计时还有两天，猫猫离开博卡拉，往加德满都赶。

而此时，薄荷还被困在博卡拉。

她的包丢了，里面放着钱包与护照。问题严重了，没有护照，她根本回不了家。

她的包是放在旅馆房间里丢失的，她不过是在吃完晚饭后，去附近散了个步，回来就发现包包不翼而飞。

那一刻，她整个人都懵了。她让自己冷静下来，立即找了旅馆前台。很快，旅馆的老板Ramesh先生来了。他第一句话就是为发生这样的事情而感到抱歉，而后才详细地问起情况。

她记得自己出门时是关好门的，第一个怀疑对象便是旅馆的员工，他们拥有房间钥匙。但是旅馆里没有监控，她没有证据，不能随便乱说。哪知Ramesh先生提出的第一个猜测也是这样，但他接着又说了，我相信我的员工，都是跟了我四五年的人了。

我相信他们。这句话，他重复了两遍。

对薄荷来说，那真是特别糟糕的一个夜晚。Ramesh先生一直在调查，假设了无数种可能，甚至开车带她去她白天去过的每一个地方寻找。

薄荷记得非常清楚，她的包包千真万确是带回了旅馆的。可面对着Ramesh先生的认真态度，她无法拒绝。

最后，他带她去了警察局。

钱包里的现金其实不多，银行卡可以挂失，令薄荷头痛的是护照。Ramesh先生做了最坏的打算，如果明天一早还是找不回丢失的包，那么他亲自开车送她去加德满都大使馆，办理临时护照，而且他答应赔偿她一切损失。

那晚，薄荷整晚都没睡着，心情乱糟糟的。

隔天一早，服务员来敲门，告诉她，丢失的包包找到了，在楼上的房间里。

除了现金，包里所有的东西都在，还多出了一只信封与一张滑翔伞公司的名片，那是粗心大意的小偷留下的痕迹。

Ramesh先生顺藤摸瓜，下午的时候，他找到了那名已退房的旅客，那人坦诚，自己喝醉了酒，又吃了精神药物，所以走错了房间，顺手牵羊了薄荷的包包，盗走钱财后，把包扔到了别的房间的角落里藏起来。

Ramesh先生在听说薄荷是明天的飞机后，二话不说，立即开车亲自送她回加德满都。薄荷拒绝过，毕竟几百公里路程，怎么好意思麻烦人家，但Ramesh先生非常坚持。

他说："发生这样的事情我非常抱歉，这是我的责任。"

其实根本不算他的责任，是薄荷自己出去散步，忘记把门锁起来，才让人有机可乘的。

薄荷见过许许多多遇事便推卸责任的人，世人多如此，而在这异国他乡，Ramesh先生教会她什么是责任心。

而这样的责任心，多么珍贵。

007

加德满都机场。

当猫猫看见迎面而来的薄荷时，她慢慢站起来，没有惊喜地大喊，也没有奔跑着过去紧紧与之相拥，薄荷也是。

猫猫看着她缓步走来，最终站在自己面前。两人同时张开手臂，拥抱对方。

"好久不见。"

"好久不见。"

VADILAL
ICE-CREAM

两人异口同声地说道，又异口同声地笑了。

“晒黑了。”

“你也是。”

“瘦了。”

“你也是。”

“谢谢你。”

“我也是。”

“好想你。”

“我也是。”

“对不起。”

“没关系，对不起。”

“没关系。”

说着两人又笑了起来。

与此同时。

帕坦杜巴广场附近的一处天台平房里，发出一声咆哮：“小丑儿，我要杀了你！！！你这个胳膊往外拐的小混蛋！”

小丑儿将手中的纸条往后一扔，麻溜地跑下楼去。

楼下，AK正在擦拭那辆破破烂烂的房车，见小男孩儿跑过来，他伸出一只脚，眼见着小男孩儿将摔倒在地，他又伸手一捞，将他带了回来。

“哥，你怎么也欺负我！”小男孩儿哭丧着脸。

“你这小混蛋！”AK恶狠狠地敲他的额头。

小男孩儿揉着额头，他取过抹布，帮着AK一起擦拭车厢。

过了一会儿，他忽然说：“哥，我相信猫猫姐。你呢？”

他相信她，所以才在收到她那幅名为“家”的画时，将她的护照偷偷从阿库丽那里偷过来，还给了她。

他也相信她，回国后，她会朝阿库丽的银行卡里汇来这些天她的旅途费用。

就如同第一次在机场见面时，她给他的那个善意的、信任的眼神一样。

尾声

飞机缓缓升入云层。

薄荷将手从猫猫耳朵上拿开，又取出包里的薄荷膏，帮她仔细地抹在太阳穴上。

猫猫轻微的耳鸣与昏眩渐渐褪去。

她们将座位放倒，仰躺着，轻轻说话。

“尼泊尔好玩吗？”

“美。”

“最喜欢哪里？”

“人。”

“真巧，我也是。”

她们望着彼此，相视而笑。